三毛西北行

流浪遠方

臺灣傳奇流浪作家三毛×中國當代作家鬼才賈平凹
素未謀面的兩人，透過文學展開了靈魂上的交流……

東籬——著

崧燁文化

目錄

目錄

第六章

第七章

第八章

目錄

推薦序

文學史裡，三毛從撒哈拉走來，訴說自己的叛逆和自我放逐。

她的文字有石破天驚之勢。

大陸的西北偏西，寬袍大袖的三毛，坐在沙丘之下，點燃一支菸。

此時，她是大漠殘陽下恣意綻放的一朵花。

三毛的文字如一條長河，倒映出她一生。

沉浸在心靈幻境裡的憂鬱少女；豁達不羈，遊走曠野非洲大漠，揮灑豐沛情愛的女子；回首前塵，訴說刻骨相思的婦人——三毛的生命歷程，是孤獨生命流浪的過程。她似乎一直在出走、尋覓。

寫完《夢裡花落知多少》之後的很長時間裡，她悄然關閉了心扉。

一九九〇年，三毛走進莫高窟。

洞窟裡的濃重黑暗在她身邊流動。手電筒暗淡的光圈裡，她看見環繞

推薦序

大佛的飛天和天龍八部……亦真亦幻，恍然如夢。

三毛的西北行蹤顯得神祕。

作家東籬探賾索隱，揣度情狀，摹寫出三毛西北遊歷的蹤跡。西安、烏魯木齊、敦煌……一路跟著三毛走過，我們可以感受到拂過三毛長髮的風沙撲面而來。賈平凹、王洛賓……三毛曾經神交或遇見的人，還有她的微笑和淚水，幻化為一幅「三毛西北情感圖譜」。

三毛的西北浪遊，或許就是她對生命幽邃之境的探尋。其中有烈火般的希冀，亦有無盡的悲涼。

翻開這本小書，我們在文字中與她一起走進西北腹地。

沈偉東

序言　給我一雙眼睛看穿我——三毛與賈平凹

給我一雙眼睛看穿我，這句話是從三毛的文章裡摘錄的，三毛在講到她的故事時，說很多人並不真正地明白她，她多麼希望有一雙眼睛能夠看穿她。

當我讀到這句話的時候，被深深震撼了，我想三毛是這樣一位乾淨通透的世之奇女，她的《撒哈拉的故事》打動了多少人，包括我自己也曾經是她的狂熱粉絲，我愛她的純淨，愛她的自由不羈，愛她無端的傷感，甚至她最後的自殺，也成為我心中永遠想要探究的謎團，化不開，解不掉。三毛是永遠的三毛，任何時候提起她，幾乎無人不曉，她是永久的話題，提起她每個人都能津津樂道。三毛是唯一的，稀缺的，她奇崛詭麗的生命行跡留下了永不磨滅的篇章，她的不尋常的文風，也帶給了大陸的寫作者清新之風。她纖塵不染的愛情成為情感的經典和範本。

她是熱烈率真的，但實際她又是孤單絕望的。李敖看透了她，說她的愛情是虛幻的、假想的，說她沉醉在自己營造的童話裡。似乎有理，不然為什麼她會用自己的手撕碎了美麗斑斕的童話書？

序言

給我一雙眼睛看穿我—三毛與賈平凹

她自己說，沒人真正懂她，她多想有一雙眼睛能夠看穿她。

荷西死後，她把尋找這雙眼睛的腳步移向了中國大陸。在那裡她遇到了兩個男人，這兩個人都是藝術造詣頗高，在當時已是名滿四海的人物。

她在「掀起了你的蓋頭來，讓我來看看你的臉」的歌曲作者王洛賓那裡沒有被掀起蓋頭，隨後，她看到兩本書，一個木訥的、少言寡語的男人寫的書。這兩本書一本是《天狗》，一本是《浮躁》，她說，她看第一遍時就非常喜歡，每個標點她都研究，太有意思了。她說《天狗》的用詞很怪，可很有味兒。她每次看完都要流淚，眼睛都要看瞎了。

《天狗》的封面上畫著一輪圓月，可惜一角被吞噬掉了，圓月下面是一帶遠山，一個背著褡褳的山民行走在山路旁，他頭纏白巾，腳穿半腰黑色雨靴，他側臉凝視著遠山。是一幅寫意的畫面，疏疏朗朗幾筆，卻很是耐看。

《天狗》是一個悲情的故事，一個女人和兩個男人的故事。

這故事裡有首民歌：天上的月兒喲一面鑼哎／鑼裡坐了個美嫦娥喲喂／天狗不是瞎傢伙呦／井裡他把月藏著／井有多深你問我呦／哎，哎／你問我呦／你問我。

三毛第一次來到大陸的時候，在西安的城牆下徜徉，從斑駁的城磚裡傳來一個奇異樂器的聲音，演奏的正是這首曲子，那個曲聲低沉的樂器，是古老的「塤」，賈平凹說塤是用泥土做的，發出的當然是來自土地的聲音。

讀著《天狗》，三毛此刻彷彿又聽到了西安城頭「塤」的迴響。

三毛看到的另一本書是《浮躁》，依然是這個木訥的、不善言談的男人寫的書。這本書講述的依然是男人和女人的故事，這個故事發生在一條河上，這條河叫州河，州河靜靜地流淌在商州的地域。商州神祕奇崛的故事、幾近與世隔絕的畫面深深地震撼了三毛。

於是，三毛寫了信給這個叫做賈平凹的作者，她稱賈平凹為大師，說讀他的書不下二十遍，等於四十本書了，並說，在當代作家中，與賈平凹的文筆最有感應，她還這樣說：看了您的小說之後，我胸口悶住已有很久，這種情形，在看《紅樓夢》、看張愛玲時也出現過，但他們仍不那麼「對位」，直到有一次在香港有人講起大陸作家群，其中提到您的名字。一口氣買了十數位的，一位一位拜讀，到您的書出現，方才鬆了口氣，想長嘯起來。對了，是一位大師。一顆巨星的誕生，就是如此。我沒有看走眼。以後就憑那兩本手邊的書，一天四、五小時地讀您。

序言

給我一雙眼睛看穿我——三毛與賈平凹

為什麼在那麼多的大陸作家中，三毛偏偏看中了三十多歲的賈平凹的作品？這成了很多三毛與賈平凹的廣大讀者的心中謎團，實際上這一謎團可以成為三毛或者賈平凹研究者的研究課題之一，或者說成為研究兩位大作家的一個切入點和縫隙之處，然而關於這一點的研究目前我尚未看到。

賈平凹寫了信，並寄了書。於是一段傳奇的故事，一段文學史上的佳話便誕生了。同時，他們的故事又製造出新的謎團，等待著人們去解開和探索。

三毛是謎，賈平凹是謎，三毛與賈平凹未曾謀面卻感動無數人的故事更是千古之謎。誰能解開？

當時正在醫院養病的賈平凹看到了有關三毛想要他寄書給她的報導，便帶著病體親自為三毛寄去了自己的書。其中除了《天狗》、《浮躁》外，還有一本《賈平凹散文自選集》。

賈平凹和費秉勳、孫見喜等好友每天都盼望著三毛能夠到陝西來，到西安來，到商州來，他們不斷地議論著平凹與三毛的這段情誼，並設想三毛來後，讓賈平凹帶她去商州看看，騎上腳踏車到平凹的家鄉棣花看看，嘗嘗小吃，聽聽花鼓戲。

平凹也整天打聽著給三毛的信是否收到。

然而，一九九一年的元旦剛過，一月四日的早晨突然傳來一個不幸的消息，三毛在臺北榮民醫院用絲襪上吊自殺了。

賈平凹得此噩耗，悲痛不已，提筆寫下了〈哭三毛〉。

正當賈平凹還沉浸在悲痛之中時，一九九一年一月十五日，也就是三毛去世十一天後，賈平凹竟然收到了一封三毛的來信，原來，三毛在去世前特地寫了一封信給賈平凹。告訴他書收到了，並表達了對賈平凹作品的深刻理解。這封信成為三毛臨終前的絕筆信。

賈平凹讀了三毛的信，深感一位知音的難覓，又深感痛失知音的悲傷。又提筆寫了〈再哭三毛〉。此信與前信一樣，感情真摯、飽滿，可謂悼文之佳作。

一九九一年的五月，平凹家裡突然來了一位客人，他叫陳達鎮，是三毛的友人。他帶來了三毛的遺物，一樣樣地展示給賈平凹，平凹睹物思人，禁不住又一次想起三毛。陳姓友人告訴賈平凹，三毛在大陸遊歷期間曾去過甘肅敦煌的鳴沙山，因為她與荷西在撒哈拉的難忘生活，她決定把她死後一半的骨灰和衣物葬在沙漠裡。

陳姓友人這次正是來完成三毛這一心願的。賈平凹因為身體原因不能隨行，深為難過，向天默禱，祝三毛平安到達鳴沙山。

序言

給我一雙眼睛看穿我——三毛與賈平凹

三毛去世之後的第九年，也即二〇〇〇年，平凹與諸友來到鳴沙山祭奠三毛，但卻找不到三毛的衣冠塚。賈平凹再次向天祈求，若三毛衣冠塚就在眼前，就請顯靈吧！很快，一個白衣的女子路過，平凹便以女子過處為三毛墳地，燃煙祭奠。又有一蜘蛛爬過，平凹便知是三毛再次顯靈，告訴他她知道他來了。

平凹與諸友祭奠完畢，又吹起了三毛喜歡的塤樂——天上月亮一面鑼，在低沉幽咽的塤樂聲中，月亮升起來了，沙漠呈現著奇異的光芒。

三毛是一個特立獨行的作家，她的故事和她筆下豐沛的生命力帶著異域的奇麗和悽愴，感動了無數的讀者，特別是一九九〇年代的讀者群。當然，至今為止，三毛的光芒也絲毫不減弱。她的純潔，她的善良，她的自由精神，她對愛情的執著都讓人唏噓感嘆。在這個世俗的世界上，她是如此乾淨，成為人們心靈的偶像而魅力四射。她與平凹的交流，也是精神的契合，文學觀、人生觀一致下的感應，他們的書信也成為文學作品裡的經典文本，他們之間的惺惺相惜，成就了當代文學一段淒美的故事和傳奇。

本書透過這樣一個故事的娓娓講述，不僅展示了作家的創作世界，更展示了作家心靈美好的一面。他們純真又複雜的感情，共同傾心於文學的矢志不移和神交，以及未及謀面的遺憾，都令人難忘，書寫他們的故事，也是在書寫一段歷史，一段友情，一段當代文學史上的佳話，這是極有意義的事。

我被三毛與賈平凹的故事打動，打算詳寫這個故事的時候，花了幾個月的時間閱讀了三毛的全部作品，也閱讀了賈平凹與三毛時期前後的作品，那個時候賈平凹正處於人生的低谷，他患上肝病，住在醫院裡，被人嫌棄，而婚姻也瀕臨著解體。那個時候的心境和他輝煌時期的心境完全不一樣，或許這一點正是一個作家的真實面目的展現，也是讀者們最願意去感受到的一面，這一面也更能讓人去理解一個作家，去深入理解他的作品。

關於三毛的其他傳記，我沒有看，我不想讓自己受其他作者的影響，我只想寫出我理解和研究下的三毛與平凹。

我認為要理解一個作家，最好不要去看關於他的傳記，從他的作品裡更能見端倪，更能從蛛絲馬跡中順藤摸瓜。所以對於三毛，我除了讀作品，還看了她在各種場合的演講，還有她的父母、友人對她的評價和交往細節。我認為這算是第一手資料，比來自傳記的更為可靠。

對賈平凹，我也是先通讀這一時期他的全部作品，主要是散文作品，特別是講述身世心境的散文。

比之三毛，賈平凹的傳記比較多，我能找到的幾乎全部看了一遍，特別是孫見喜老師寫的幾部傳記，如《鬼才賈平凹》、《危崖上的賈平凹》，還有《賈平凹前傳》、《賈平凹傳》等。孫見喜老師是賈平凹的同鄉，是中國最早的賈平凹研究者，特別是與三毛相交的一九九一年前後，孫見喜掌握的資料最詳盡最有發言權，可謂是得天獨厚的賈平凹研究者。而我又有幸成為孫見喜老師的弟子，在寫這本書的過程中，我不斷地向孫見喜老師諮詢一些情節和要點，也全程得到了孫見喜老師的慷慨指點。

還有幾位也是那一時期圍繞在賈平凹身邊的人，他們寫的傳記我也全部進行了閱讀，比如，賈平凹的恩師、為賈平凹發表第一篇文章後來成為賈平凹研究學者的費秉勳老師，他的幾部專著我也進行了閱讀和仔細研究，費秉勳是理論性的，但有助於講述賈平凹時的導向和基點。還有賈平凹的另外幾位同鄉寫的傳記，如王新民、何丹萌、程華等，還有儲子淮，還有韓魯華教授、年輕學者楊輝。書很多，名字也長，我在這裡不一一列舉。

因為擔心陝西學者的研究會有局限性，我同時又閱讀了全國範圍裡有關賈平凹研究學者的書，比如陳思和、王春林、孟繁華等，甚至有對賈平凹有公開異見的李建軍先生的觀點，以這些廣泛閱讀為鋪墊，力求掌握真實客觀、立體全面的賈平凹。另外，我自己也跟賈平凹有一些往來，互通訊息，他的神采樣貌也能領會一些。

但是以上作者對於賈平凹的研究多數停留在對於賈平凹文學創作行跡的整理和分析上，對於賈平凹的精神層面和心理層面，以及作為人的一面的刻劃嫌少了一些，賈平凹在寫給孫見喜的傳記後記裡也說到，希望能有一本能表現出他內心世界和精神層面的傳記來。

我以軟弱之筆，女性之筆，試圖挑戰這一高度，透過三毛與平凹交流的奇特故事，切開一個作家精神和內心豐盈而多彩的世界。透過這一世界的展開，和讀者們一起領略帶有某種傷感味道的作家世界。

當時寫三毛與平凹的故事，我是從一個女性的角度，或者說從一個女作家的角度來理解三毛的，在我眼裡的三毛，其實一生是很悲苦的。因為三毛一直很不順利，特別是愛情，前面談的不是死了就是不成功，後來跟了荷西之後，創造了奇異的愛情神話，但正如前面所說，她跟荷西的這個愛情也是渲染出來的。當然這種愛情也很打動人心，我的故事裡也寫到了三毛在墓地上對荷西的悼念。

某些程度上，三毛刻意地塑造了一種很純真、很美好的感情，從另外一面說，三毛是想追求自己所渲染的那種愛情，但實際上很難達到，三毛盡了她最大的努力，就算她把自己放在那樣一個夢幻之中，最終這種夢幻還是破滅了，所以三毛後面就變得非常的傷感，從三毛在荷西死後悲戚的面相上也能看出她的傷感。

實際上這正是三毛打動我的一點，為什麼曾經熱烈浪漫的三毛會長成一副「苦臉」（「苦臉」為賈平凹語）？我想以一個女性或者女性作家的角度寫出不一樣的三毛，三毛別的傳記，長篇的傳記我沒看，不知道別人怎麼寫的，我想寫出我所理解的三毛，這是本書與其他書的區別之一。

第二，從比較文學的角度來說，三毛和賈平凹都是重點人物，其他的傳記，或者寫三毛或者寫賈平凹，沒有把他們兩個拉在一起去寫的，至少目前我沒見過。我的這個不同點，就是把他們兩個放在一起寫。那為什麼要把他們兩個放在一起寫？是因為他們肯定有共通的地方，在三毛遊歷大陸的時候，在大陸的作家裡面，她為什麼就單單看中了賈平凹？她把賈平凹跟曹雪芹相比，她看到賈平凹的書，她震撼了，被驚豔到了，說明她對賈平凹或者賈平凹的作品有自己的獨到認識，心靈的相通才會有作品表達的相通。我從他們兩個人的作品所表現的內容、情感和精神層面的這些東西進行比較，把他們聯繫在一起。

一九八〇年代末至一九九〇年代初的賈平凹所表現的題材，恰恰也是寫了奇異的商州、詭譎的商州，商州裡面那些男女的事情，比如《黑氏》、《雞窩窪人家》（後來改編成電影《野山》）都是和《天狗》同一時期的作品，而三毛作品裡面的〈荒山之夜〉等，寫撒哈拉，也是充滿了這樣一種奇異的風光、奇異的人物、奇異的景色，所以三毛才對賈平凹感興趣。

在故事裡融會進兩位作家的作品，展示並適當剖析，實際上也包含了某種比較文學的成分。這在一般的傳記中也不多見。

第三，對於賈平凹的其他傳記，我通讀後感到，基本上就是以事件為線索進行貫穿，寫了哪些作品？哪一年出版了什麼書了？哪一年獲獎了？……缺乏對傳主精神世界、內心情感的描寫，或者涉及的層面較少，讀者對這些賈平凹傳記也多有不太滿意不甚盡興之感。主要就是沒有塑造出一個身為人的賈平凹，一個像三毛一樣滿含悲憫和傷痛的賈平凹。他們的交流是純潔的，高尚的，不是八卦，不是烏龍，所以，本書是一本情感之書，乾淨之書，聖潔之書，也是一本憂傷之書。我在文風的處理上刻意地以三毛和賈平凹面對人生無奈和不可捉摸的傷懷為基調，寫得憂傷而沉鬱。

序言

給我一雙眼睛看穿我──三毛與賈平凹

三毛與賈平凹對海峽兩岸的讀者來說，在當時都是很火紅的，這樣兩位作家，對他們精神層面相通的地方做一個比較，做一個分析，做一個探究，這是我撰寫本書時的想法，實際上他們確實也有很多相通之處，我在書中也特別提及了他們之間的相同點。

一個作家會欣賞另外一個作家，他們肯定在認知上，在情感上，在精神層面上有很多一致的地方，他們雖未曾謀面，但依然能夠彼此欣賞，惺惺相惜，我試圖透過這些來探究身為作家的更深層次的東西，這一點可能也是其他寫三毛也罷、寫賈平凹也罷的傳記所不具備的，這是本書的特點之一。

同時，在個人情感上，那個時候三毛正處於情感的空白期，而實際上，賈平凹在那段時間也面臨著家庭分裂的危機，愛人對他的猜疑、自己身體抱恙，住在醫院，所以我選材的時候，就刻意去選取他在病中的那段生活。賈平凹有兩篇散文就寫了這個病，寫他生病的懶散和孤單。寫病中的兩篇散文，現在其實不太發表，現在人們都喜歡發表他那些有關禪意的有關圓融的，好像那些散文顯得賈平凹很通透，實際上我覺得病中的散文寫得很好，那是一個真實賈平凹的狀態，也是身為人的一種狀態。

那兩篇散文表現他情緒的低落、沮喪、痛苦、人生的那種無法擺脫的焦慮等等，以及人們的歧視，那是低潮時期的賈平凹。那個時期的狀態應該跟三毛的狀態很契合，所以說我覺得，這兩位作家，不管是從作品表現的內容，還是他們的情感上，在一九八〇年代末至一九九〇年代初應該都是很相通的，我透過三毛與賈平凹的這種特殊交流所表現出來的這些東西，是其他傳記所沒有的，我就是想寫出一個身為人的、身為普通人的兩位偉大作家的狀態。

總而言之，我的不同點可以歸納出三點，一個是我的角度，我的角度就是一個女性的角度，以一個女作家的角度來理解三毛，也以一個作家的角度來理解賈平凹。其二，再以他們交流的這個過程中顯露的相惜之情來看，儘管他們在距離上和文化背景上都不一樣，一個在大陸，一個在臺灣。那麼為什麼能達到相通呢？其實說到底是他們身為作家的那種精神層面的東西的相通，表現內容的相通，以及他們處境的某些相通，我要寫出來的正是這些地方。

第三點，我就想借這個傳記，把一九八〇年代末至一九九〇年代初的兩岸文學進行一個比較，這兩個作家都是非常有代表性的，三毛在當時刮來了清新之風。而賈平凹早期的作品，也充滿了「真」的東西，自然渾樸的東西。借此故事，也是對

序言

給我一雙眼睛看穿我—三毛與賈平凹

一九八〇年代末至一九九〇年代初的文學、文學現象，帶領讀者進行整理和回顧，這算是一個新鮮之處。

我擔心我會寫不好，達不到預期的目標，我在動筆之前，特地看了一些著名傳記，比如《梵谷傳》，其中，《莒哈絲傳》有好幾個版本，我讀的是勞爾·阿德萊的，非常好，文筆和風格都是我喜歡的。莒哈絲本身就是我欣賞的作家之一，也讀過幾部她的作品。這個傳記跟其他作家的傳記很不一樣，寫得十分透澈深刻。

我所寫的三毛與賈平凹，某種程度上也算是為兩位作家立傳，我希望立傳的時候能把這個「人」給豎起來，一個真實的人，一個痛苦之中的人，一個有情緒的人，一個經歷了人生大磨難大悲痛的人，這樣的作家，這樣的人的形象，我想把它豎立起來。

而賈平凹在三毛突然離世之後所寫的〈哭三毛〉、〈再哭三毛〉，還有送別三毛亡靈的〈佛事〉，都那麼令人感動，賈平凹是懷著對三毛深切的、與旁人不一樣的情感來寫的，所以才會寫得那麼如泣如訴，看起來那麼像母親埋怨走失的孩子，有深沉的悲痛在裡面，我的講述也應當對得起這種情感，和這種情感一致才是。

第一章

第一節　波西米亞女人

一九九〇年四月，對於處於寒冷西北的西安來說，是一個最令人躍躍欲試的時節，經過一個漫長的冬天，春天終於來了。春雨下著，春花開著，沁人心脾的溫暖從古老的城牆上冉冉升起，又向四周彌散開來，包裹了整個西安城。人們走出家門，在現代高樓與古老小巷交錯融會的街市上行色匆匆，帶著各色的使命奔忙著。

此刻，在澄澈高遠的天空上，有一架飛機轟鳴著，像一隻白色的大鳥徐徐降落在空曠的西安國際機場上。從機艙裡款款走過一位身材高挑的女人。她服裝奇異，氣質不俗。她頭髮中分，長長的直直的披散在後背。她有一雙黑而亮的大眼睛，但卻略帶憂鬱之色。

她的打扮一看就迥異於西安城的人。雖然一九九〇年代的西安在改革開放之風的浸染下，人們的穿著已很新潮，雖然沒有像北京上海深圳那樣引領潮流，但西安城裡的人也從來是不落伍於任何時尚的，誰敢說十三朝古都的西安人不懂潮流呢？

但是，這個女人的裝束卻真是把人驚到了——她的裝扮是西安城裡東西南北走遍沒有誰見到過的。她當然也是黃皮膚、黑頭髮，五官眉眼都透出標準中國人的樣子，但那身稀奇古怪的裝扮和裝扮之中透出的不凡氣質，讓見到她的人無不驚為天外來客。

那鬆鬆垮垮、七長八短，像唱戲又不像唱戲，準確地說像是某個少數民族的衣裳，是一套叫做波西米亞風格的服飾。我們許多人是在多年以後讀了有關這個女人的傳記，才知道她喜歡穿波西米亞風格的衣服。她為了來大陸見一個不一般的人物，特意訂購了幾套服裝，其中就有這套波西米亞風格的。

讀者朋友或許比我這種老舊的人更有見識吧！波西米亞這個詞，不知道需不需要在這裡作以解釋？解釋是不是多餘的？甚至還會顯得我孤陋寡聞，或者說是小看了讀者朋友。但我想，為了把這個一走下飛機懸梯就從芸芸眾生裡脫穎而出、放射著特異光芒的女人介紹清楚，我還是在這裡稍稍囉唆幾句比較好。

波西米亞最初的意思是和吉卜賽人有關的。我們許多人知道吉卜賽這個奇異的民族，大概是在改革開放之後，在這之前我們對世界的認知受制於意識形態的拘泥，其實是很有限的。

波西米亞是法國人對吉卜賽人的一種稱呼。後來，大概是十九世紀以後，波西米亞這個詞慢慢地與聚居在巴黎的文人藝術家聯繫了起來，成為一個形容詞，形容那些貧窮落魄卻自由放蕩的藝術家以及他們的生活。最終，波西米亞在時間的長河裡綿延為一種精神、一種文化、一種符號，甚至是一件時髦的裝飾物。本質上，波西米亞保留了某種游牧民族特色的服裝風格，比如鮮豔的手工裝飾和粗獷厚重的布料，層疊蕾絲、蠟染印花、皮質流蘇、手工細繩結、刺繡和珠串等等，都是波西米亞風格的典型元素。

這樣說來，這些諸多的細節，似乎在我們的身邊也隨處可見。在我們越來越時髦和富有超級想像力的服裝設計專案裡，也常常會不期而遇。如此說來，是不是可以理解成，所謂波西米亞文化，實際也在潛移默化地影響著我們的日常生活，只是我們沒有那麼清晰地察覺到而已。

被波西米亞服裝包裹著的藝術家們，難免有一種頹廢的迷人氣質，有一種和服裝一樣的鬆散自由及放蕩不羈的叛逆精神，由此和服裝一起造成強烈的視覺衝擊力，撞擊著人們的眼球，引發震撼。

此刻，這個高挑瘦削的女人帶給我們的感覺就是這樣。

第一章

她曾說過，在臺灣只有三個女人適合波西米亞式的打扮，她們是潘越雲、齊豫和她自己。波西米亞服飾只有附著在傲慢靈慧的女子的靈魂上，才能熠熠生輝。當她穿著鬆鬆垮垮的棉質長裙，叮叮噹噹行走在撒哈拉沙漠的時候，那種狂放不羈的波西米亞風韻早已顯示得淋漓盡致了。現在，她把這種驕傲與狂放又帶到了大陸，帶到了古都西安。

下了飛機的人們一個個走出了機場，只有她和助手米夏仍然停留在那裡不肯離去。米夏呆呆地望著她，不知所措。而她卻把目光投向天空。天空一碧如洗，像河流一般流動著，海島上的天和這裡的天是不一樣的啊！島上的天常常是陰著的，又窄小，這裡的天是這麼遼闊，這麼藍，藍得不可思議，而雲又這麼的白，白得令人心疼。她想，裁下一片藍可以做裙子，揪下一團雲可以做裙子上的花朵。

她是一個容易激動的女人。她大聲地感嘆之後，表情卻開始陰鬱起來。她點起了一支菸，煙氣繚繞，從她細長的手指間直直細細地騰騰上升。她的臉也被籠罩上了暗沉的思慮。

她在心裡默唸著：啊，這就是西安，平凹的西安……而今我竟站在了這裡，這不是做夢吧？昨夜我夢到了這座城，怎麼和我夢裡的一模一樣呢？是誰指引我來到這片天空之下？是誰感召我站在這遼闊的土地上？是那像大鳥一樣的飛機嗎？是我心中的神嗎？

第一節　波西米亞女人

她停頓了一下，繼續默唸：對，是神的啟示。

此刻，你一定知道這個女人是誰了吧？沒錯，她是三毛，那個敢愛敢恨、留給我們無限思念又無限痛惜的三毛。

她是臺灣女作家，一個與眾不同的女人。當年她因一本地理雜誌的吸引獨自走進了撒哈拉沙漠，尋找生命的本真之美。她是一個有靈魂的精怪，以萬水千山走遍的豪情，還有驚天泣地的愛情遭遇，引出了無數的傳奇故事。一九八〇年代，她用她所寫的故事，征服了萬千讀者，使她成為享譽海內外的作家，成為別具一格的作家。

三毛曾說，當她在一九八九年首次回到大陸的時候，發現大陸的讀者比臺灣還要多。讀者喜歡她的瘋狂程度，一點也不遜於她在其他地方。

是的，那時候，她已出版了二十二部作品，如我們熟悉的《撒哈拉的故事》、《夢裡花落知多少》、《萬水千山走遍》、《雨季不再來》、《溫柔的夜》，還有她最後的作品《滾滾紅塵》，基本上貫穿了她個人的生活和她在地球上四處遊走的經歷。

《撒哈拉的故事》是三毛全部作品中最膾炙人口的著作，此書一出版便風靡了整個華人世界，無數人為之傾倒。

第一章

此書由十幾篇精彩動人的散文隨筆集結編著而成，描寫了三毛和丈夫荷西在撒哈拉沙漠中的生活。書中描述了古怪的沙漠中的飯店，和荷西的沒有親人參與的結婚過程，還有沙漠裡的荒山之夜，特別是那篇在沙漠偷窺沙哈拉威女人洗浴的場景，充滿了濃郁的異域風情。三毛以浩瀚沙漠一樣神奇的筆，憑藉著荒涼的撒哈拉沙漠的背景，將自己與世隔絕卻趣味橫生的沙漠生活以清澈如流水一般的文筆娓娓道來。

《撒哈拉的故事》就是三毛自己的故事，她把人們帶進了奇幻的沙漠世界，也帶進了她和西班牙潛水工程師荷西的超凡脫俗的愛情世界裡。那個西班牙工程師，三毛眼裡的男孩子，比三毛小八歲，卻瘋狂地愛著三毛，他們在撒哈拉和加納利群島度過了世外桃源般的六年生活。可惜，一九七九年的時候，荷西潛水，被海水吞沒，再也沒有上來。

從此，滿懷悲傷的三毛開始了後半生的流浪，而這一次的流浪，滿是傷痕，處處碰壁，她再也沒有遇到像荷西那樣明淨透澈地愛著她的男人，直至她再也沒有力氣行走和尋找，不得已用最慘烈的方式結束自己的生命。

人們都說三毛是個天生的流浪者，骨子裡就帶著流浪的天性，而我更願意把三毛看作是一個天生的愛情至上主義者。沒有愛的生活對於三毛來說是無法想像的。失去了世上唯一真正愛著她的荷西，三毛從此再也無法那樣忘我歡快地過一天，直到一九九一年一月四日，絕望地離開世界。

沒有了愛人的流浪，是孤獨的流浪，是像漂萍一樣不知所終的流浪，所以，三毛在生命最後的時刻並不喜歡人們替她貼上「流浪者」的標籤。

拯救三毛的也只有她的寫作。在臺灣，她繼續著《撒哈拉的故事》之後的寫作，但從此她的作品染上了濃重的哀愁，她說：「我只有一杯濃烈的愛酒，就這樣被你潑掉了。」故鄉還是故鄉，沙漠還是沙漠，只是那個愛她的人找不到了。

三毛原名陳懋平，因「懋」字太難寫，就將自己的名字改為陳平。三毛於一九四三年三月二十六日出生於重慶，四歲的時候隨父母到了臺灣。

荷西去世之後，悲傷的三毛無法在沙漠裡生活下去了，她被父母接回了臺灣。一九八一年，她應臺灣《聯合報》的資助，開始了長達五個月的中南美洲之行。正是她的這趟旅行，成就了她的另一部轟動一時的著作，那就是《萬水千山走遍》。

比起《撒哈拉的故事》，很多人或許更喜歡她的《萬水千山走遍》。

光是看一看她在書裡寫到的國家，就引發了人們的無限嚮往。三毛的行程開始於墨

第一節　波西米亞女人

第一章

西哥，結束於阿根廷，她寫到的國家有：巴拿馬、哥倫比亞、厄瓜多、秘魯、玻利維亞、智利，光是秘魯就寫了四篇，閉上眼睛想一想，哪一個不是充滿域外風情的國家呢？何況是在三毛的筆下。據資料顯示，三毛一生「流浪」過五十四個國家。

比起撒哈拉的快樂、奇妙和熱烈，還有和荷西之間簡單又真情的生活，中南美洲的這趟旅行，更加充滿凶險，戰爭、逃難，各種災禍，還有晦暗的陰鬱的心情，三毛的筆不再歡快，以一個度盡劫波、飽經滄桑者的姿態，寫盡了苦難與練達。

艱難的行走，總是少一個人的陪伴，那個她傾情一生愛著的人。

時間靜靜地流過，三毛知道，心裡的塵埃再被洗得乾乾淨淨，一個以流浪為伴的人，依然渴望能遇到一個人。相伴是莫大的幸事。失去一個人，那創傷也是無法癒合的。

陪伴她的只有助理米夏。米夏是一個美籍青年，他形容三毛說話「像玫瑰在吐露芬芳」。按三毛的說法，米夏總是跟在她後面做些無知又可笑的事情，他時不時地會惹她生氣。他像三毛一樣，也是一個孩子氣的人，所以，三毛和米夏的一路行走，時常會有一些小小爭吵，三毛在《萬水千山走遍》一書中也有些微的流露。

三毛有一個幾乎算是固執的信念，她認為自己前世是印第安人，生活在安地斯山脈的高原上，那裡有一片銀湖，名叫「哈娃哥恰」，也就是「心湖」的意思，而她叫「哈娃」。而今生，在銀濱之湖，也過完了——

「那個叫三毛的人，從此消失吧！」三毛總是這樣說著。

三毛有一篇寫她和米夏在哥斯大黎加的紀行，她這樣寫道：

當我深夜裡在哥斯大黎加的機場向人要錢打公用電話時，米夏坐在行李旁邊悠然看雜誌。

生平第一次伸手向人乞討，只因飛機抵達時夜已深了，兌換錢幣的地方已經關門，身上只有旅行支票和大額的美金現鈔。不得已開口討零錢，意外地得到一枚銅板，心中非常快樂。

宏都拉斯已經過去了，住在哥國首都聖荷西有熱水的旅舍裡，反覺猶如夢中。

在宏國時奔波太激烈，走斷一雙涼鞋，走出腳上的水泡和紫血，而心中壓著那份屬於宏都拉斯的嘆息，卻不因為換了國家而消失。

寫稿吧！練練筆吧！如果懶散休息，那麼旅行終了時，功課積成山高，便是後悔不及了。

第一章

一個月來，第一次跟米夏做了工作上的檢討，請他由現在開始，無論是找旅館、機票、簽證或買膠捲、換錢、搭車、看書、遊覽……都當慢慢接手分擔，不可全由我來安排，他的日常西語，也當要加緊唸書了。

說完這些話，強迫米夏獨自進城辦事，自己安靜下來，對著稿紙，專心寫起沿途的生活紀錄。

這一閉關，除了吃飯出去外，摒除萬念，什麼地方都不去，工作告一段落時，已經在哥斯大黎加整整一週了。七日中，語言不通的米夏如何生活，全不干我的事情。據說聖荷西的女孩子，是世界上最美的，米夏卻沒有什麼友誼上的收穫。只有一次，被一個女瘋子窮追不捨，逃回旅館來求救，被我罵了一頓——不去追美女，反被瘋子嚇，嚇了不知開脫，又給瘋子知道了住的地方，不是太老實了嗎！

坐在那座印加帝國時期被荒廢的城市的大石頭上，三毛眼裡看到的不是城市的空茫，而是那些需要禱告的輕如嘆息的靈魂。

「留在內心深處，永遠歸還不了。這沉重的腳蹤，竟都是愛的負荷。」

她又喃喃地這樣說著。

第一節　波西米亞女人

扯遠了，讓我們回到機場。

米夏靜靜地走過來，把一件外衣披在三毛的肩上。

米夏說：「起風了，我們該走了。」

三毛卻又點起了一支菸，在冷空氣中看煙慢慢散去。荷西去世之後，三毛基本上是一個菸不離手的女人。據說，她一天至少要抽三盒菸。

三毛說：「啊，西安，賈平凹就住在這座城市裡，米夏，為什麼此刻我心裡有著一份巨大的茫然！」

米夏並不理會三毛的話，他太了解三毛，她近來總是容易神思恍惚。他牽了一下三毛的手說：「我們走吧！」

三毛還是有點痴痴地默唸：平凹，我要走了。她像是面對著一個人在說話。她邊說邊側著身子，是離去時若有所失的一種舉動，像是近旁的那個人也正看著她，淚光閃爍，依依不捨一樣。

三毛遲遲疑疑地走了幾步後又站住了，又一次仰望天空，天空突然間暗沉下來，一層層黑雲翻滾過來，壓在頭頂上，要下雨了。

第一章

三毛靠在米夏的身上，她的臉也像失了血色一樣的蒼白。她說：「米夏，你知道嗎？我進入了一種時空混亂的恍惚和不能明白之中，我覺得我的夢，又開始嘩嘩地慢慢旋轉起來。」

三毛似乎有些站立不住，像要跌倒的樣子，米夏急忙上去攙扶她。

米夏知道，三毛的身體越來越差了，失眠、背痛、心慌、突然跌倒。她的愁苦太深重了，都是因為她背負的愛太沉重，她不肯放下。而且她又總是熬夜、抽菸，幾乎一根接著一根。米夏不能理解三毛和荷西之間究竟是怎樣的一種愛，讓三毛至今無法釋懷。對荷西無盡的思念像毒蛇一樣嚙噬瘦弱的三毛，使她一天天衰敗下來，血骨枯乾。

可是荷西已經走了十一年了，那個西班牙籍的潛水工程師。

一路隨同三毛，米夏時刻為三毛提著心。「三毛，妳又不舒服嗎？」他趕緊又問。

三毛說：「我的背又開始發疼，我的心又莫名地發慌。我怎麼覺得我的心突然間像是要從我身體裡飛出來一樣。」

米夏說：「妳是想得太多了，再說妳到大陸來，心情總歸是不寧靜，昨晚妳肯定又是一夜未眠吧……妳的安眠藥吃了嗎？」

我自由。」

三毛說：「沒有，我不想再吃藥了，我的身體不想讓不屬於我的外在捆綁，我要讓

米夏說：「可是，妳總是抽菸……菸不也是外在的嗎？」

三毛說：「我喜歡菸，喜歡這裊裊的煙氣，在這煙氣裡，我的心才能平靜，它已根植在我身體裡，和我成為一體了。」

三毛依然沉浸在她的世界裡，她看也不看米夏，菸已燃盡，她也不覺。她的大眼睛空空茫茫。她說：「米夏，我想回家，家裡什麼藥都有，去了就得救了，家又不是很遠，就在山腳下的南邊嘛！」

米夏似乎已習慣於她的這種迷迷濛濛。去年三毛在家鄉舟山看了中醫，還請氣功師給了加持。現在似乎比以前要好多了。中醫師說三毛是思慮過重致心氣虛弱。

米夏問道：「三毛，我們真的要回家嗎？妳確定要改變行程嗎？」

三毛突然把頭轉向米夏：「今天是幾月幾日？」又是一個沒頭沒腦的問題。

米夏想了一下，說：「一九九〇年四月四日……怎麼了？」

三毛撲在米夏身上，像是一個受驚的小孩：「米夏，我很害怕。」

第一章

米夏輕輕地拍打著三毛的肩膀，像以往那樣，這一陣子，三毛已是不止一次地恐慌。

「妳怕什麼？妳別亂想。看，機場服務員過來趕我們了。」

三毛還在抱著米夏，如同受到驚嚇的小貓：「我怕出這個機場，出了這個機場我不知道該去哪裡。」

米夏說：「我們的行程已經安排好了，妳不是要去見新疆的王洛賓嗎？這件事妳計劃了好久。怎麼？妳要變卦嗎？妳要改變行程嗎？」

三毛低低地說了一句話，彷彿聲音只有自己能聽見一樣：「我們能不能先去見一見賈平凹先生？他也是我在大陸最想見到的人。」

米夏有些不耐煩了，他推開了三毛，他不同意改變行程。他說：「妳總是變來變去。我們在西安只有幾個小時的停留，待會妳可以一個人在街上走一走。我等妳。」

三毛懇求地說：「米夏，你是我的助理，在荷西去世之後，我們一起遊歷了南美洲，每天都形影不離，就算是發生戰爭的時候我們也在一起。你是知道我的，你能不能告訴我，我到底要不要見王洛賓……我的心很亂，我需要你幫我，好嗎？我親愛的米夏。」

此刻的三毛拉住了米夏的手臂，像個軟弱可憐的少女一樣搖著：「告訴我，告訴我，米夏！」她急切地說著。

米夏甩開了三毛的手，說道：「荷西走了，妳的膽量小了，勇氣也小了。妳的天真、妳的不顧一切都去哪裡了？或許，荷西還在妳的生命裡，讓妳不敢往前走……妳要學會忘記才是呀！」

聽到荷西，三毛淚水盈眶：「可我又怎能忘記？」

米夏說：「妳總歸要去愛人的，沒有愛妳可怎麼活？……妳的生活比妳的寫作更重要！」

三毛說：「我怕王洛賓他不肯見我。聽說，他受了很多苦，他的妻子死去之後，他天天坐在門口，望著夕陽思念他的妻子，從此沒有再婚。」

米夏說：「能寫出那麼動情的歌的人，當然會是多情的人了。」

三毛說：「米夏，你知道嗎？〈在那遙遠的地方〉就是寫給他的初戀情人的。」

三毛說著便輕唱了起來：

在那遙遠的地方
有位好姑娘
人們走過了她的帳房
都要回頭留戀地張望
……
我願她拿著細細的皮鞭
不斷輕輕打在我身上

米夏說：「在臺北聽和在大陸的土地上聽，一樣的感動。」

三毛說：「是啊。第一次聽到這首歌，沒有聽到詞，只是第一聲的音樂一響，就把我的心揪走了。那時候，我就跳起來對媽媽說，我要到大陸，我要見王洛賓……我把媽媽都嚇到了，她怕我又做傻事，臉色煞白地去找爸爸了。」

米夏說：「妳也真下工夫了，妳把卓瑪的藏族服裝都買好了，從頭到腳，一樣也不少，害我也費了不少心呢！還是從尼泊爾託運回來的。」

說到衣服，三毛又興奮起來，驕傲地說：「樣子是我選的，飾物也是我一個個選的，你這點可沒費心呀！」

米夏說：「這套衣服，我幫妳提了一路，生怕丟了。我知道妳是要當面穿給王洛賓看的。可現在，妳怎麼又猶豫了呢？」

三毛說：「我也搞不清楚，飛機一落地，我的腳一踩到西安這塊黃土地上，好像就走不動了。我想去見賈平凹。」

米夏說：「妳和王洛賓不是約好了嗎?不能讓他等啊，他可是七十多歲的老人了。」

三毛說：「我沒有約，我要他靜靜地等我，我一到他的茅屋，他就在。我不喜歡人等我，我也不要等人。」

米夏說：「然後，妳換上卓瑪的衣服，從王洛賓手上要過皮鞭，輕輕地打在妳的身上……」

三毛跳起來：「是啊，是啊，就是這樣的。」話沒落音，她的臉又沉鬱下來，說：「米夏，我怕的就是那個時候……」

說到這裡，我們這個故事中的另一位男主人公應該出場亮相了。他就是王洛

第一章

賓——西域的歌者，高原上的冬不拉，人們說他是「西北民謠之父」，而三毛叫他是「情歌王子」。

王洛賓的一生創作了歌劇七部，搜集、整理、創作歌曲一千餘首，而最為我們所熟悉的就是〈掀起你的蓋頭來〉和〈在那遙遠的地方〉，還有〈半個月亮爬上來〉。王洛賓的音樂是由一隻非凡的神一樣的手所寫。〈在那遙遠的地方〉被法國巴黎音樂學院作為東方音樂教材，並成為羅伯遜、多明哥、卡列拉斯等外國歌唱家作華語演唱的保留節目，一九九三年，〈在那遙遠的地方〉和〈半個月亮爬上來〉被評為二十世紀華人音樂經典作品。

「在那遙遠的地方，有位好姑娘，人們走過了她的帳房，都要回頭留戀地張望。她那粉紅的小臉，好像紅太陽……」

王洛賓一生坎坷，命運多舛。他出生於北京，但最終他的大半生卻一直在西北邊陲度過，青藏高原、塞外戈壁、草原牧場，這些遠離京城的地方到處都留下了他生活的足跡和如天籟一般的美妙歌聲。

一九四一年，王洛賓以共產黨嫌疑人的身分被抓進蘭州的沙溝監獄。一九五一年，王洛賓第二次入獄被判處勞役。一九六一年四月，因王洛賓曾在軍閥馬步芳屬下任過職，被以「歷史反革命」和「現行反革命」的雙重罪名入獄，刑期長達十五年。

才華和苦難，給王洛賓的人生裡先後送來四個女人，每一個女人都和王洛賓有一段動人的故事，其中最為人稱道的，就是三毛和王洛賓的故事。

出身於藝術之家的王洛賓，年輕時學的是西洋音樂，二十四歲之前，他的目標是前往巴黎音樂學院學習。他的第一位戀人，一個叫羅珊的女孩，就是他在中央音樂學院的同學。一九三三年，王洛賓將徐志摩的詩〈雲遊〉譜成曲，獻給他的新娘羅珊，但兩人終究婚姻解體各奔東西。

一九三九年，二十六歲的王洛賓在新疆拍攝影片《祖國萬歲》，與藏族姑娘薩耶卓瑪相識。之後，在青海創作、改編〈在那遙遠的地方〉、〈半個月亮爬上來〉、〈瑪依拉〉等民歌。

打動三毛的正是他和卓瑪的故事。

「我願做一隻小羊，跟在她身旁，我願她拿著細細的皮鞭，不斷輕輕打在我身上。」

這首膾炙人口的情歌，就是王洛賓寫給卓瑪的。他在西藏朝聖時認識了美麗的卓瑪。卓瑪，是一個牧主的女兒，當時，卓瑪在影片《祖國萬歲》裡扮演影片中的牧羊女，王洛賓扮演薩耶卓瑪的幫工。

那一天，芳草碧連天，雲朵一團團。愛上卓瑪的王洛賓向卓瑪調情，羞澀的卓瑪用皮鞭抽了他，拍馬遠去，而他望著天邊那一團火苗似的紅裙痴痴發呆，卓瑪的倩影揮之不去，終於幻化為一首美麗動人的旋律。三天的相處，愛戀雖短，但那首萬人傳唱的歌曲卻永留世間，一代代傳唱不絕。

〈在那遙遠的地方〉也成為王洛賓的成名之作。緊接著，還有一首曲子，叫做〈半個月亮爬上來〉，在美麗的草原之夜裡悄然誕生。

之後，王洛賓第一次坐牢，在蘭州監獄蹲了三年。

出獄後，他與護士黃玉蘭結婚。王洛賓把黃玉蘭改名為黃靜。黃靜比王洛賓小十六歲，漂亮文靜，聰明賢慧，是個擅長理家的小女人，她把小家庭安排得妥妥當當。

王洛賓第二次被捕之後，小女人黃靜含悲離世。王洛賓和黃靜之間只有短短的六年婚姻。黃靜為王洛賓留下了四個兒女。

十年後，王洛賓又一次蒙冤入獄，入獄之時，他的孩子都還沒有成年。

第一節　波西米亞女人

一九九〇年，七十七歲的王洛賓將要迎來生命中的最後一個女人。這個女人來自海峽的另一岸。

當荷西命殞大海之後，三毛的靈魂便也渺渺不知所蹤。荷西的死，讓她失去了生命中最值得眷顧的理由。其後多年，她一直恍然行走於蒼茫的人世間，如果不是念在尚有年邁的父母，她也許早已追隨荷西而去。

三毛的父母從不拒絕新的男朋友與三毛交往，他們盼著三毛身有所歸，可是每次提起來，三毛卻總是黯然神傷。她對父母說，荷西是自己的今生與來世，是自己所有的前因與後果，除了他，她不知道還能情歸何處、心繫何人。

她在夢裡對荷西說：「我生命裡的溫暖就那麼多，我全部給了你，但是你離開了我，你叫我以後怎麼再對別人笑。」

一九八九年，臺灣作家夏婕在新疆訪問王洛賓之後，發表了三篇關於「王洛賓老人的故事」。

三毛是聽過王洛賓的歌的，特別是那首〈在那遙遠的地方〉，像三毛這樣的人，看了王洛賓老人的故事，又怎能不被打動。

第一章

夏婕在文章裡說，找到了傳說裡的「西部民歌之王」，他寫了那麼多動人的歌曲，可是，現在他的生活很是悽苦，他一個人生活著，每天傍晚日落之時，他坐在門前望著一點點下沉到天邊的夕陽，思念著自己的亡妻。

「他坐在門前望著一點點下沉到天邊的夕陽，思念著自己的亡妻。」這樣的話語，一下子打動了三毛，總是黯然神傷的三毛一時興奮了起來，她立刻向夏婕索要王洛賓在新疆的聯絡方式。

她一遍遍地看著夏婕的報導，她為王洛賓的苦難坎坷經歷而流淚，她感同身受著王洛賓的孤苦伶仃。她想自己是孤單的，在遙遠的新疆，有一個人比她還要孤單。她應當去撫慰那個孤單的人，和他一起吟唱那動人的歌曲——從此以後，在每天的黃昏裡，這個孤單的人坐在門前看夕陽沉落，他的旁邊多了一個人陪他看夕陽；夜幕四垂時，他對著懸在古舊牆壁上的妻子遺像，彈一首曲子給她聽，她也在一旁靜聽……

她還沒有見到他，就已經為他哭紅了雙眼。她想：這個老頭太淒涼太可愛了！我要寫信安慰他，我恨不得立刻飛到新疆去看望他！

她對朋友說，生活，勻速的是愛，不勻速則變成一種傷害……失去愛的人雖各不相同，但仰望星空卻是唯一的不約而同……

她說，戀愛著新的戀愛，我狂奔著，為的是不讓自己感到寂寞……

於是，她真的寫信給王洛賓了，緊接著，帶著病體，踏上了一路向西的旅程。

《明道文藝》的主編陳憲仁先生獲悉三毛的動向後，委託她為王洛賓代送稿酬，剛好，她就更有理由直接見到王洛賓了——這個令她痛惜的人。或許，他也會痛惜她，如同她疼惜他一般。一定會的，她這樣想著。

現在，她一切都準備好了，見面的衣服，想說的話，還有送給他的禮物。可是她卻害怕了，猶豫了，躑躅徘徊了。她把目光和腳步轉向了西安。

她朝西安的一條街市走來。

第二節　西安之夜

巍峨莊嚴的古城牆下，一個三輪車夫撐起了雨篷在急急地彎腰蹬車。三毛想去追趕三輪車夫，一種聲音令她停住了腳步。她覺得這聲音是順著這長著苔蘚的城磚上下來的。她把耳朵貼在溼漉漉的牆磚上，捕捉這個聲音。那是一種奇怪的聲音，她從未聽過的，幽咽、低沉，如泣如訴，如同來自遙遠荒原的風的聲音一樣，敲打著三毛的心房。

第一章

那是一種樂器的聲音，那個樂器叫做塤，她不知道，城牆上有一個人正在吹塤，那用泥土捏出來的樂器。它是陶土的，像半坡博物館裡的一樣。黑色的釉，上面刻著神祕的圖案。

吹奏者，正是賈平凹，一個矮個子的人，一個從秦嶺山中走到西安城裡的作家。

此時，賈平凹的身旁還有幾個他的朋友，也都是知識分子。費秉勳，同時也是賈平凹的老師，儒雅的老師彈著古琴；賈平凹的同鄉——作家孫見喜吹著簫；音樂人劉寬忍也在吹著塤。他們是一支小小的樂隊。

過了一會兒，賈平凹放下手中的塤，輕聲地哼唱起來：

後院裡有棵苦李子樹
蕭郎唉咳唉咳呦——
未曾開花
親人哪——
你先嘗呃
哥呀嗨

第二節　西安之夜

……

賈平凹哼唱的是陝南民歌〈苦李子樹〉。

他們開始說話了，先是愛說俏皮話的孫見喜。

那時，孫見喜在賈平凹研究領域已聲名鵲起，他的《鬼才賈平凹》，以賈平凹的朋友和同鄉者的特殊優勢，寫出了身為作家的賈平凹不為人知的祕密，人們從孫見喜的書裡窺見了一個作家的樣貌和他的生活。這個作家，他那時的創作是以他的家鄉「商州」為背景進行的。

孫見喜總是離不了他那毛竹做的長長的簫，他說話時也把簫抱在懷裡。

他說：「平凹啊，你的中篇小說《天狗》，丹萌改成了花鼓戲，商州劇團公演了，參加全國會演得了獎，有的唱段都傳開了！」

劉寬忍說：「商洛花鼓音樂很美，當年的《屠夫狀元》、《六斤縣長》演遍全國呢！這回，平凹的這個戲也能演遍全國呢！」

賈平凹是個口訥的人，他不擅長表達，聽到兩個朋友的誇獎，他憨憨地笑了笑，說：「那是故事原型本身好，不是我寫得好。」

老師費秉勳說：「你總是把女人當菩薩一樣的去寫。我說你有寶玉的情懷，你還不願意承認。」

賈平凹說：「商州山好，水好，所以會出菩薩一樣的女人。」

孫見喜調侃道：「誰說的？也出木木的墩墩的女人，像是澀澀的柿子，硬硬的核桃……」

劉寬忍說：「老孫就愛砸洋炮。」

費秉勳說：「我們繼續演奏吧。」

劉寬忍說：「那咱們就唱花鼓戲《天狗》裡的唱段吧，平凹你會唱嗎？中間有個唱段叫〈天上的月兒一面鑼〉。」

賈平凹說：「我唱得不太順，改日叫丹萌來教咱們。」

孫見喜說：「我會唱，我給咱唱。寬忍，你來伴奏。」

劉寬忍又吹起了塤。幽咽的聲音又在城牆上繚繞，城牆戰慄。

而此時，俯身在城牆上的三毛也渾身戰慄，她忽然覺得很冷很冷，逃也似地離去了。但那聲音卻一直追著她，追著她……

第二節　西安之夜

天上的月兒喲一面鑼哎
月裡坐了個美嫦娥喲喂
人說天狗想吞月
月圓月缺月又落實
哎，哎
這是為什麼喲
這是為什麼喲
這是噢為什麼喲呼嗨……
西安的夜晚
無星無月的夜晚

北方的早春，夜是冷的，風起來的時候也很威猛，吹刮著一排排長出零零星星葉子的白楊樹。幾近深夜，街上空蕩蕩，環衛工人已經開始打掃大街了。燈光把人和掃帚都變成了剪影。

只有廣場中心的「鐘樓」，彩燈輝煌，好似正要破空而去。

第一章

鐘樓旁邊，是西安街頭一條古巷。青磚鋪地，店鋪鱗次櫛比，各種手工藝品的攤點也間雜其間。羊肉泡饃館「天下第一碗」的招幌，在夜風中飄動。

風過後，下起了小雨。

一個沒有撐傘的女人行走在小巷子裡。她又換了一頂帽子，還是那撲撲撒撒的衣服，漫不經心地走在長長的小巷子裡。

她又在喃喃自語，天是那麼的寒冷，我被凍在一種冷冷的清醒裡面。

「天上的月兒一面鑼呦，一面鑼……」早上聽到的城牆上那如泣如訴的樂聲，還在她耳旁縈繞著。

她對自己說，這麼動人心弦的歌，與賈平凹有關係嗎？這一夜我若是回到賓館，恐怕又不能合眼了。

她把兩隻手臂抱在胸前，讓自己蜷縮起來，像要抵住冷風似的。

她說，風，在這個無聲的城市裡流浪，也是如此的荒涼，我好似正被刀片輕輕割著，一刀一刀帶著些微疼地劃過心頭。有時候，我多麼希望有一雙睿智的眼睛能夠看穿我，能夠明白我的一切，包括所有的斑斕和荒蕪。那雙眼眸能夠穿透我最為本質的靈魂，直抵我心靈深處那個真實的自己。他的話語能解決我所有的迷惑，或是對我的所作所為能有一針見血的評價。

她說，好想來一次安靜的認真的努力的唐吉訶德式的單戀……

她說，我一直在尋找那種感覺，那種在寒冷的日子裡，牽起一雙溫暖的手，踏實地向前走的感覺。

她說，夜晚來了，我還依然睜著眼睛，是因為我看見了你留在月光下的痕跡。

她又抬起頭，仰望著星空。她在找北斗星的位置，她找到了，跟書上畫著的一樣。七顆星，連在一起，像個勺子。

她對著星星說：「我愛著的人，你在做什麼？我在仰望星空。是三十度的仰望，三十度的仰望是什麼？是我想念你的角度。為什麼要把頭抬到三十度？為了不讓我的眼淚掉下來……」

她說，星星啊，你相信嗎？在我一路上的行走中，一定會有那麼一個人，想著同樣的事情，懷著相似的頻率，在某一個寂寞的路口，安排好了與我相遇。

三毛徜徉到一處工藝品攤位。她像孩子般驚喜地走上前，買了一把梳子，木製的，

第一章

她很滿意。

她付完了梳子錢，自言自語道：這一路過來我都是用手指梳頭的。她對攤主說：「弟弟，您沒有找我零錢。」

攤主猶疑地說：「明明找給妳了呀！」

三毛打開包，發現零錢在呢，說：「對不起。」

三毛又盯上幾個陶瓷瓶，她明顯對它們起了愛戀之心。她拿起一個豐肩細腰敞口帶耳的瓷瓶，把玩著，愛不釋手。

青年商販問：「要嗎？這是俄屋自己做的，手工的。」

他操著一口純正陝西腔。三毛似乎沒聽懂，她問：「什麼，你說什麼？」

三毛的聲音很好聽，她已經四十七歲了，可是說話卻像是一個少女，清脆、快節奏、跳躍，又很甜膩，還有些嬌滴滴的。那是明顯的臺灣口音。

青年商販聽出來了，便用著揣測的口氣說她不像是大陸的，問她是不是香港的。

三毛爽快地說：「不，我是臺灣的，我是從臺灣來的。」

青年商販一聽到「臺灣」兩字，立刻有些激動：「噢，妳是臺灣來的，臺灣同胞！

第二節　西安之夜

那麼，這件瓷瓶，如果您喜歡，我就送給您了。」

三毛高興地說：「真的嗎？……你太好了。」

然後她用食指指著青年說：「我知道你是哪年生的。」

青年商販驚異地說：「真的嗎？」

三毛說：「請您把手伸出來，沒有感應不行的。」

青年伸出了手，三毛認真地看青年的手紋，然後說：「你的生肖是……你是蟾蜍！」

青年說：「啊？十二生肖裡沒有蟾蜍呀！」

三毛說：「可我知道你前世就是蟾蜍。」

青年笑了笑：「那我就是青蛙了。」

三毛深深地看了青年一眼，一笑，自語「又一個蛙」，轉身走了。

青年愣了一會兒，望著三毛的背影，突然明白了，他越過攤鋪，追上三毛：「妳是三毛，對不對？」

三毛「哦」了一聲，沒有做什麼解釋，笑起來了。他們含笑望著彼此，青年有些羞

第一章

澀和局促。

青年忽然大聲地喊了起來：「三毛來西安了！我是不是在做夢？」

三毛說：「你沒有做夢，是我在做夢，我有點恍惚，不知道此刻我身在哪裡。朋友，我能擁抱你嗎？我想請你當一會兒天狗。」

青年輕輕地擁抱了一下三毛，然後凝視著三毛說：「這深沉的夜晚，這雨中的古巷裡，我的面前站著那個赤著腳走在撒哈拉沙漠裡的三毛……這不是夢是什麼？」

三毛聽著青年的言語，看著那對令她驚異的眼神，他絕不是一個簡單的商販。於是，三毛問：「你讀過我的書？」

青年沒有正面回答，他還在盯著三毛：「您和書上的照片不一樣，您比書上的照片更好看，書上的照片沒有一張是您笑著的，可現在，您笑起來也很好看呢！」

三毛好高興青年這樣說。

她說：「真的嗎？我真的很好看嗎？」

她說著，大笑起來。她張開雙臂主動擁抱了青年。她說：「我要感謝你，我的朋友。你要叫我姐姐，你是我弟弟，我不要再聽你說『您』。」

第二節　西安之夜

青年還是沒有改口，青年想說您不屬於人間，您是從月亮上來的，您的心乾淨得宛如雨後的沙粒。三毛，您的文字是那麼打動人——但是沒能說出來。

三毛說：「你是西安人嗎？」

青年說：「不，商州。」

三毛說：「是平凹家鄉的商州嗎？」

青年回答說：「是的，我和平凹老師是鄉黨。」他見三毛疑惑，又說，「『鄉黨』就是『老鄉』的意思。」

聽說是賈平凹的老鄉，三毛對青年的興趣更濃厚了，她問：「你有見過他嗎？」

青年低下頭說：「他很早就離開家鄉了，我沒有見過他。」

三毛追問著：「你為什麼也到了西安呢？是來找賈平凹嗎？」

青年告訴她，自己是到西安來學畫的。

三毛吃驚道：「你不是在賣工藝品嗎？」

青年說：「是，我白天學畫，晚上掙點學費。」

三毛追問：「你學什麼畫？」

第一章

青年說：「敦煌壁畫。」

「敦煌壁畫？」三毛的興致更高了。

雨還在下著，淅淅瀝瀝，三毛的後背已經淋溼了，青年也開始收拾攤上的東西，他邊收拾邊回答三毛。

三毛太想找一個人說話了，她對青年不依不饒。他問青年是不是真的要去敦煌，要去莫高窟。青年對她做了肯定的回答。

這下三毛是必定要結識這個青年了，因為三毛的西行計畫裡早已有到敦煌看壁畫的安排，她希望這個清秀的青年是個在莫高窟臨摹壁畫的人。她問青年是不是到莫高窟臨摹壁畫，青年回答是的。那正是她心中的想法，她又猜中了！她的感覺總是莫名的準，她有些得意了。

青年對她說自己就是喜歡敦煌的壁畫。少年時跟著父親見到了壁畫，心靈受到了震撼，從此想學習臨摹壁畫。青年還說，他小時候一直住在莫高窟。

「莫高窟？」

三毛的聲音尖銳起來。真的有緣啊！今晚，我在這街上遇到的竟是我想見的，聽的

第二節　西安之夜

都是我想聽的啊！我是沒有白跑啊！遇到了能和我心靈感應的人。多麼難得！

她和青年一起收拾，把東西一樣一樣地放進紙箱子裡。

她對青年說：「去莫高窟，你要帶我一起去，好嗎？」

青年說：「好。」然後笑了。

三毛說：「你是從壁畫上來接我的，對不對？」

青年說：「是。」

三毛說：「不過，你不是佛，你是一種……嗯……弟子。這是我的感覺。」

青年抬頭看到鐘樓亮起來的霓虹燈，變幻著造型。他指給三毛看。

三毛說：「噢，很好看。」

接著，她又問青年：「早上能聽到那裡的鐘聲嗎？」

青年說：「聽不到，但是心裡有。」

三毛說：「是感應對不對？」

青年說：「對，感應。」

三毛再次看燈，那燈光舞蹈出飛上天去的姿勢。

「是『飛天』？」她激動地說。

青年說：「對，是飛天。」

三毛說：「那不過是燈光的幻影罷了。真的她，早就飛來飛去了。」

青年的東西全部收拾好了，三毛覺得自己不能不走了。

她說：「天色很晚了，我要走了。」

青年說：「我要送您禮物，這裡的東西您看上什麼，我就送您什麼。」

三毛說：「這怎麼行呢？你會虧本的……青瓷，我知道的，是中國有名的一種瓷器，耀州窯的梅瓶，又是手工的，很珍貴的。我要給你錢——多少錢呢？」

三毛從精緻的手提包裡掏出幾張人民幣：「這些夠嗎？——我就要這個項鍊，這也是瓷的，好漂亮。」

青年推拒著：「不，三毛，我送給妳。」

三毛把青瓷項鍊慢慢地在手裡展開，手撫過青瓷溫潤的質地，抬眼看了一下蒼穹。什麼時候雨悄悄地停了？星星竟然冒出來了，疏疏落落地忽明忽暗。

第二節　西安之夜

三毛說：「我喜歡，謝謝你——明天，我要走了。」

青年不知道該說什麼，他試探地問三毛能不能留下住址和聯絡方式。

這也正是三毛想的，她正想著問青年呢，青年倒先問了她——好聰明的青年，她在心裡越發地喜愛這青年了。但她卻沒有回答青年，她又喃喃起來，像是對自己，又像是對青年。

她說：「您能聽我講個故事嗎？」

青年沉默著，青年知道他不需要回答這個問題。

三毛說：「很久以前，有個年輕人，像你一樣的英俊，他是潛水工程師，他的技術很好，從沒有失誤過。可是，有一天，他走了，不知道為什麼，下到海裡就再也沒有上來。」

「我知道，這是您的故事，那個青年叫荷西。」

三毛沉浸在她的講述裡：「可是，那一天，天剛破曉的時候，我被一種奇異的小孩聲音叫醒，那聲音說……請妳……畫一隻綿羊給我……」

三毛邊說邊在青年的手心上寫上了一個字。

青年看著手心，小心地說：「您寫的是『緣』字嗎？」

三毛笑了：「若有緣，再相見。」

青年說：「對，若有緣，定相見。」

三毛解下脖子上的一個飾物，掛在了青年的脖子上。

三毛說：「從現在起，我要叫你『青蛙』，我要給你留個紀念，也是一個項鍊。現在，我把我的顏色，親手交給你了。」

青年說：「好。我收下了。」

米夏匆匆趕來了，他驚訝三毛怎麼會在這裡。米夏和三毛在機場就分開了，一出了機場三毛就不見了蹤影，把米夏急得一頭汗水。米夏到處找不到三毛，米夏簡直快氣瘋了。憑著對三毛的了解，他猜想三毛一定是在一條古街上，於是他邊打聽邊找來了。

米夏說：「我到處找您。」

他把三毛從店鋪前拉過來，有點生氣地說：「妳總是這樣，在哥倫比亞，古巴，在宏都拉斯，在玻利維亞……妳總是突然失蹤，讓人到處找妳……妳還是這樣，任性、衝動。」

第二節　西安之夜

三毛有點愧疚地說：「對不起，米夏，讓你擔心了。」

米夏怒氣未消，說：「豈止是擔心啊！新疆那邊聽到您失蹤的消息，全亂套了。新聞界、文化界還有官方的人都被驚動了。他們都快把全世界掃蕩一遍了。到處打聽您，到處沒有您的消息，誰也想像不到您此刻會在地球的哪個角落裡。」

稍頓了一下又說：「像您這樣到處流浪的人，想到哪裡就要到哪裡去的人，全世界恐怕只有您一個人了。」

三毛聽到米夏暴露了她的行蹤，立刻慍怒起來：「你把我的行蹤告訴新聞界了？——你知道的，我討厭和新聞界、媒體人打交道的。我們這次到新疆，除了王洛賓，可是什麼人也沒有告訴的呀！」

米夏也不客氣：「這要怪您了。我們在西安只是稍作停留，然後轉飛烏魯木齊。可您一下飛機就失蹤了，為了找您，我只好到處打電話。」

三毛說：「那你又是如何找到我的呢？」

米夏說：「還不是靠著您的名氣。我把電話打到《聯合報》，《聯合報》的一名記者和西安這邊聯繫，他們已經得知妳到西安來了。」

三毛難過了起來，說：「你把電話打到臺灣去了，不是讓我媽媽知道我又不聽話了？……媽媽她，總是為我擔心，我走的時候，她一遍一遍地交代我，連過馬路的事，她都要囉唆半天。做我的媽媽，她真的好辛苦，我不能再讓她辛苦了。」

米夏說：「是呀，做您的助手，我也很辛苦。妳現在站的這條街，叫回民街，是西安城裡有名的一條街道。您是怎麼跑到這裡來的？」

三毛說：「有一輛三輪車拉著我……」

米夏說：「好了，我們快走吧！現在全世界的人都知道妳到了西安了，西安的記者正在追蹤妳，他們也要採訪妳。」

三毛說：「不，不，不，我不接受任何人的採訪。我只要見賈平凹，聽他唱民歌，商州的民歌。對，我還要聽一種聲音……我早上在城牆下聽到的，那聲音我第一次聽到，像是一個男人的哭泣，不知道聲音是從哪裡傳來的……啊，『天上的月兒一面鑼』。」

米夏說：「妳不是要去見王洛賓嗎？怎麼突然又改主意了？難道妳的健忘症又……」

第二章

第一節　烏魯木齊的黃昏

四月的西安，其實並沒什麼故事發生，我們這個故事裡真正的男主角並沒有出現；要是出現了，那也一定是在三毛的夢裡。三毛說，夢裡花落知多少。一朵花在她的夢裡一定是開得絢爛，落得也不寂寞。

一九九〇年的四月，三毛在西安作了短暫的停留，她原本是打算見一見賈平凹的，但最終還是被她的助理拉上了去烏魯木齊的航班。

只是，她留下了那位打算到莫高窟去畫像的青年的聯絡方式。後來，她在敦煌莫高窟果然遇到了那位青年。她記得那個青年的名字，是她取的，她叫他「青蛙」。這是後話。

新疆，烏魯木齊，王洛賓，這幾個重要詞語，書寫了三毛生命旅程的一頁，或許是

第二章

為生命河流做著下一階段的鋪墊和預備。這是一個起頭，彷彿是一篇文章的開頭，必定要為整個篇章和結尾奠定基調，營造氛圍。這一段的走勢和書寫，決定著後來三毛和賈平凹故事的情狀和流向。故事的結局其實在這一段裡早已安排，它不可忽略地引導了故事的方向，而結局，只是對它的一種確認。

想一想，如果三毛先見賈平凹後見王洛賓，故事恐怕不是現在這樣，無數種可能都將存在和上演。或許，或許……人們說，歷史是不能假設的，命運的軌道又豈能假設？

一切都是命中注定。

好吧，大幕拉開，我們且看，因為我們必須要知道——在新疆，在烏魯木齊，三毛和王洛賓之間到底發生了什麼——我們才能明白，三毛和賈平凹之間究竟是怎麼一回事。

讓我們坐在臺下，靜靜地看王洛賓和三毛出場。當然，我們是懷著無限崇敬無限緬懷的心情來看的。兩個世間奇人，天神一樣的人物，如今都已故去。但願我能寫出一九九〇年四月時的他們，寫出兩位奇人生動有趣的樣貌、情致和差異，更寫出他們之間那一種無法掌控的荒涼命運之悲。

那一天，是一九九〇年四月十六日。

第一節　烏魯木齊的黃昏

比之西安，烏魯木齊更加寒冷，在這遼闊又乾燥的地方，春天肯定是姍姍來遲的，都說是人間最美四月天，又怎奈春風不度玉門關。

午後，王洛賓獨自一人，正蜷縮在躺椅上小憩，忽然一陣陣輕輕的敲門聲響起。他被驚醒，起身開了門。

一位女子，站在他的面前，笑吟吟的。他知道這女子是三毛，他們前世見過的。他們前世錯過，今生有約。你看，王洛賓頭戴氈帽，三毛居然也戴著一頂同樣的帽子，一樣的式樣，一樣的顏色，灰白色的，帽檐朝上捲起。他只聽說她要來，沒有寄照片給她，也沒有和她通過電話，她從何處知道他喜歡戴一頂這樣的帽子？無論在哪，那已是他獨有的造型。人們說，有武俠的地方，就有金庸；有歌聲的地方，就有王洛賓。那些歌陪伴了他一生，還有這頂氈帽，他身體不好，多年前已離不開帽子，不然，他總會覺得有一陣風鑽進了他的頭顱。他住過三次監獄，災難沒能摧毀他的藝術之光，卻在他的肉身上釘上了痛疾。

王洛賓有頭風病。難道這些三毛都已知曉？

他看到這個女人的打扮，便明白了這女人是有備而來的，不是串門，不是路過，更不是出於好奇而把他當稀有動物來此參觀。

第二章

她是帶著一顆心來的——他一生的經歷輾轉給了他這樣的敏銳和洞察。他看到三毛黑而大的眼睛裡深不可測的內涵，女人想給予他的溫情他立刻就感受到了。還有她的笑容，那複雜而明顯激動的笑容。

這溫情和激動撲面而來，像是四月的風，瞬間把他包裹。

他睡意全消，迅捷地迎接她。

他接過了女人沉重的大皮箱，還沒有放手，女人就直接抱住了他，趴在他的肩頭哭泣起來：「你知道嗎？洛賓……」

女人叫著他的名字，他有多久沒有聽到有人這樣叫他了？

「洛賓，我是飛了八千里路到你身邊來的。你知道嗎？過了海，過了山，過了沙漠。」

「知道的，妳是一隻鳥，一隻吉祥的鳥，妳從海峽的那邊飛到了大陸。」

三毛看著王洛賓的雙眼：「不，我不是一隻鳥，我是你的卓瑪。」

三毛放開了王洛賓，走進了客廳。她拉開皮箱，拿出了一套衣服，脫掉路上穿的那身黑紅格子的毛呢外套。

第一節　烏魯木齊的黃昏

「洛賓，請你背過身去，三分鐘，只要三分鐘就好。」

王洛賓聽話地背過了身。

「看吶，我是不是你的卓瑪？」

轉過身，王洛賓驚呆了，怎麼和剛才的女人完全不一樣了呢？真的是卓瑪呀！你看她，氈帽已卸，長髮披肩，藍紅相間的長裙恰至小腿，腳蹬馬靴，腰束金帶。

「好看嗎？我這身衣服是從尼泊爾訂做的，好貴的……我像卓瑪嗎？」

她甩動長髮，扭著腰身，轉著圈子，載歌載舞的樣子。

王洛賓被深深感染，情不自禁地唱起來：

掀起了你的蓋頭來
讓我來看看你的眉
你的眉毛細又長呀
好像那樹上的彎月亮
你的眼睛明又亮呀
好像那秋波一模樣

第二章

唱著唱著，他改動了歌詞：

掀起了你的蓋頭來
美麗的長髮披肩上
你是天邊的雲姑娘
抖散了綿密的憂傷

……

多麼睿智的王洛賓，他一眼看透了三毛，那個滿身憂傷的三毛，自從跨進了他的門，憂傷就抖落了一地，像抖落一路風塵。

那綿密的憂傷啊！如絲如雨。

三毛走到王洛賓的身邊，靠在他的肩頭，輕聲說：「我願做一隻小羊，跟在你身旁，我願你每天拿著細細的皮鞭，輕輕地打在我的身上。」

王洛賓取出了掛在牆上的吉他，「嘣」，一聲弦響，石破天驚。兩人一起唱了起來：

在那遙遠的地方
有位好姑娘

第一節　烏魯木齊的黃昏

人們走過她的帳房
都要回頭留戀地張望
她那粉紅的笑臉
好像紅太陽
她那美麗動人的眼睛
好像晚上明媚的月亮
我願拋棄了財產
跟她去放羊
每天看著那粉紅的笑臉
和那美麗金邊的衣裳
我願做一隻小羊
跟在她身旁
我願她拿著細細的皮鞭

第二章

不斷輕輕打在我身上

這是一個慵懶的午後，屋子裡有幾分清冷，光線也似乎不那麼明亮，呈現一種晦暗和沉悶的氣息。一張高腳的八仙桌擺在客廳的當中，桌上鋪著白色的鏤空絲布，一個圓形的乳白色瓷盤豎在桌子前面，那是一件十分精美的瓷器。沉悶裡，這白色的瓷器是最顯眼的物件了。

桌子下方，是一個看似古舊的茶几，顏色很深，黑棕色的，但做工似乎很講究，上面有一柄茶壺，也是棕色的，像是紫砂壺，已經用了很久了，濃濃茶味布滿壺身。茶壺那麼安靜地臥著，只為它的主人等待。聽不到屋外的聲息，一切都那麼安靜、淡遠，三毛感覺自己分明是來到了一座孤零零的小屋，像她和荷西在撒哈拉沙漠裡的小屋子一樣。

這正是三毛假想了無數遍的景象，和她猜想的一樣，和她想要的也是一樣。簡樸又雅致，帶著某種古舊的藝術的味道，像是在某個中南美洲的茶舍裡。她的心底生出一絲絲的舒展，她的王洛賓和她真的是有感應的，他們心心相印，心有靈犀。

她抬起頭，看到高桌子後面懸掛著的窗簾，竟是一塊紫紅色的土布，土布上面點染著一枝白色的梅花，從桌前肆意地開到窗外，窗簾是拉上的，阻擋了塵世一切的喧嚷，還有風。

三毛好喜歡，她覺得這屋子裡一切的布置、一切的擺設都是她安排的一樣，跟她在撒哈拉布置的自己的家完全一樣，味道一樣，氣氛一樣。那時候，她和荷西剛到撒哈拉，什麼都沒有，她從外面揀來裝卸工人扔掉的包棺材的長板子，鋸短，一塊塊拼起來，又親手縫製桌布，她還撿拾回來一個舊輪胎當她的座椅。撒哈拉的鄰居參觀她的小白屋子，都讚嘆她手巧聰明。

而如今，撒哈拉的家沒有了。這裡，王洛賓卻又提供了似曾相識的家。這裡的格調，好有意思，正是她這樣的人想要的那種。

他們一起吃了晚飯，是新疆的手抓飯，還喝了酒。烏魯木齊的夜來得晚，正好可以長談。

三毛把一隻手臂撐在茶几上，手托著臉腮；王洛賓也把一隻手臂放在茶几上，是平放著。兩個神仙一樣的人物開始了數個小時的交流，心與心的交換。

他們一個是生活在大陸，先北京後蘭州，落腳在新疆；一個是生在大陸，長在臺灣，遊學西班牙。一個是閱盡滄桑，飽受苦難；一個年輕喪夫，孤身一人。一個默默注目，一往情深；一個是沉靜如水，不疾不徐。一個是看起來硬朗，到底年已七十有七；

第二章

一個是身雖有病，到底處於中年，年正四十有七。一個是皓首蒼顏白髮翁，一個是神清氣爽率真婦。可謂是：有緣千里來相會，無瑕寸心未染塵。

王洛賓比三毛大了整整三十歲，但這並沒有構成他們交談的障礙。她靜靜地聽著王洛賓的講述，講他生命裡的那一個個離他而去的女人。她不插話，只是流淚。

王洛賓還翻出他的歌本，指給三毛看，對她講一首首歌創作的起源，那背後的故事。

三毛凝望著歌本，一語不發。王洛賓的手指好瘦呀！三毛看見他的手已是瘦骨嶙峋，青筋暴突，她心裡抖動了一下。他的長長的白鬍鬚在她的眼皮底下晃動著，他是一個垂暮的老人，已不再是草原上英俊的少年，被一個美麗少女用鞭子輕輕地抽打著。

她被他的遭際感動著，當他講到他在監獄裡遇到一個小女孩，小女孩送給他一顆蠶豆，飢餓的小女孩說那是世上最好吃的東西，他不忍吃那最好吃的蠶豆，他為送蠶豆的小女孩寫了一首歌，叫〈蠶豆謠〉，他輕輕地唱了那首歌：「蠶豆稈，低又矮，結出的大豆鐵身板……街頭叫賣糖板栗，牢房中豆兒也稀奇……」她哭了，她從桌子的那一面起身走向了他。她俯身在他的肩頭，一隻手攬著他的臂膀，他接過了環繞著他的那隻手，把她纖細的手握在了他的手心裡，放在胸膛前。她的頭偏著，緊緊地依偎著他，依偎著他瘦削的臉。她滿含著熱淚，心生萬千痛惜。他平視前方，臉上掛著劫後餘生的坦然。不知是誰拍下了這張照片，他們一起留下了人間最美最動人的畫面。

輪到她講了，他也不插話，只靜靜地聽，讓她沉浸在她的世界裡。

她說：「最愛在晚飯過後，身邊坐著我愛的人，他看書或看電視，我坐在一盞檯燈下，身上堆著布料，兩人有一搭沒一搭地說著閒話，將那份對家庭的情愛，一針一針細細地透過指尖，縫進不說一句話的簾子裡去。然後有一日，去上班的那個人回來了，窗口飄出了簾子等他——家就成了。」

可是，那個給她一個家的男孩子不見了。那個男孩子比她小八歲。

她一說就又說到那個男孩子上面去了，她幾乎是對所有的人都講了那個男孩子的愛情。

他，並沒有讀過她寫給那個男孩子的悼念文章，只知道她的愛人叫荷西，是個西班牙人，落水而死。他翻看著她遞過來的書，但是明顯的，他老了，眼睛已經花了。他戴上了老花眼鏡，顯示出讀得很困難的樣子，字太小，又是繁體。他側身的時候清晰地勾勒出了面部的輪廓，有點像齊白石的側影。他真的是老人了，白鬍子呈三角狀翹動在尖利的下巴前，顴骨線突出。他穿著深灰色開襟羊絨衫，脖子上面稜磳的喉頭拉扯著一層

第二章

薄皮上下動著。他讀得那麼吃力，乾瘦的一隻手還在書頁上一行行地滑動著。

她說：「我來讀，你聽吧，你願意聽嗎？」

他說：「我願意聽，我會好好聽的，妳讀吧。」

三毛接過了書，找到那篇文章：〈一個男孩子的愛情〉，她為他讀了起來：

今天要說的只是一個愛的故事，是一個有關三十歲就過世的一個男孩子，十三年來愛情的經過，那個人就是我的先生。他的西班牙名字是 Jose，我給他取了一個中文名字叫荷西，取荷西這個名字實在是為了容易寫，可是如果各位認識他的話，應該會同意他該改叫和曦，祥和的「和」，晨曦的「曦」，因為他就是這樣的一個人。可是他說，那個「曦」字實在太難寫了，他學不會，所以我就教他寫這個我順口喊出來的「荷西」了。

這麼英俊的男孩！

認識荷西的時候，他不到十八歲，在一個耶誕節的晚上，我在朋友家裡，他剛好也來向我的一些中國朋友祝賀耶誕節。

那時荷西剛好從樓上跑下來，我第一眼看見他時，觸電了一般，心想：世界上怎麼會有這麼英俊的男孩子？如果有一天可以成為他的妻子，在虛榮心上，也該是一種滿足了，那是我對他的第一印象。過了不久，我常常去這個朋友家玩，荷西就住在附近，在這棟公寓的後面有一個很大的院子，我們就常常在那裡打棒球，或在下雪的日子裡打雪仗，有時也一起去逛舊貨市場。口袋裡沒什麼錢，常常從早上九點逛到下午四點，可能只買了一支鳥羽毛，那時荷西高三，我大學三年級。

有一天荷西坐在我的旁邊很認真地跟我說：「再等我六年，讓我四年念大學，兩年服兵役，六年以後我們就可以結婚了，我一生的嚮往就是有一間很小的公寓，裡面有一個像妳這樣的太太，然後我去賺錢養活妳，這是我一生最幸福的夢想。」他又說：「在我自己的家裡得不到家庭的溫暖。」

我聽到他這個夢想的時候，突然有一股要流淚的衝動，我跟他說：「荷西，你才十八歲，我比你大很多，希望你不要再做這個夢了，從今天起，不要再來找我，就算你又站在那棵樹下，我也不會再出來了，因為六年的時間實在太長了，我不知道我會去哪裡，我也不會等你六年。你要聽我的話，不可以來纏我，你來纏的話，我是會怕的。」

他愣了一下，問：「這陣子來，我是不是做錯了什麼？」

我說：「你沒有做錯什麼，我跟你講這些話，是因為你實在太好了，我不願意再跟你交往下去。」

接著，我站起來，他也跟著站起來，一起走到馬德里皇宮的一座公園裡，園裡有個小坡，我跟他說：「我站在這裡看你走，這是最後一次看你，你永遠不要再回來了。」

他就說：「好吧！我不會再來纏妳，你也不要把我當作一個小孩子，妳說『你不要再來纏我了』，我心裡也想過，除非妳自己願意，否則我永遠不會來纏妳。」

講完那段話，天色已經很晚了，他開始慢慢地跑起來，一面跑一面回頭，一面回頭，臉上還掛著笑，口中喊著：「Echo 再見！Echo 再見！」

我站在那裡看他，馬德里是很少下雪的，但就在那個夜裡，天下起了雪來。荷西在那片大草坡上跑著，一手揮著法國帽，仍然頻頻地回頭，我站在那裡看荷西漸漸地消失在黑茫茫的夜色與皚皚的雪花裡。

……

讀到這裡，三毛已泣不成聲。十一年來，她為荷西流了多少淚，自己都弄不清了。

王洛賓沉鬱著，等到她平靜下來，繼續聽她朗讀：

六年以後，我回到了西班牙，我對荷西說：「荷西，我回來了！」他留了鬍子，長大了！「你是不是還想結婚？」

在馬德里的一個下午，荷西邀請我到他家去。到了他的房間，正是黃昏的時候，他說：「妳看牆上！」

我抬頭一看，整面牆上都貼滿了我發了黃的放大黑白照片，照片上，剪短髮的我正印在百葉窗透過來的一道道的光紋下。看了那一張張照片，我沉默了很久，問荷西：「我從來沒有寄照片給你，這些照片是哪裡來的？」

他說：「在徐伯伯的家裡。妳常常寄照片來，他們看過了就把它擺在紙盒裡，我去他們家玩的時候，就把他們的照片偷來，拿到照相館去做底片放大，然後再把原來的照片偷偷地放回盒子裡。」

我問：「你們家裡的人出出進進怎麼說？」

「他們就說我發神經病了，那個人已經不見了，還貼著她的照片發痴。」

我又問：「這些照片怎麼都黃了？」

他說：「是嘛！太陽要晒它，我也沒辦法，我就把百葉窗放下，可是百葉窗有條紋，還是會晒到。」

說的時候，一副歉疚的表情，我順手將牆上一張照片取下來，牆上一塊白色的印子。我轉身問荷西：「你是不是還想結婚？」這時輪到他呆住了，彷彿我是個幽靈似的。

他呆望著我，望了很久，我說：「你不是說六年嗎？我現在站在你的面前了。」我突然忍不住哭了起來，又說：「還是不要好了，不要了。」他忙問「為什麼？怎麼不要？」

那時我的新愁舊恨突然都湧了出來，我對他說：「你那時為什麼不要我？如果那時候你堅持要我的話，我還是一個好好的人，今天回來，心已經碎了。」

他說：「碎的心，可以用膠水把它黏起來。」

我說：「黏過後，還是有縫的。」

他就把我的手拉向他的胸口說：「這邊還有一顆，是黃金做的，把妳那顆拿過來，我們交換一下吧！」

七個月後，我們結婚了。

三毛再也讀不下去了，哽咽著。

靜了靜，她說：「在結婚以前，我沒有瘋狂地戀愛過，但在我結婚的時候，我卻有這麼大的信心，把我的手交在他的手裡，後來我發覺我的決定是對的。我只是感覺冥冥中都有安排，感謝上帝，給了我六年這麼美滿的生活。」

王洛賓安靜地聽著。

三毛斷斷續續講述著：「荷西死的時候是三十歲。我常常問他：『你要怎麼死？』他也問我：『妳要怎麼死？』我總是說：『我不死。』

有一次《愛書人》雜誌向我邀一篇『假如你只有三個月可活，你要怎麼辦？』的稿子，我把邀稿信拿給荷西看，並隨口說：『鬼才曉得，人要死的時候要做什麼！』他就說：『這個題目真奇怪呀！』我仍然繼續揉麵，荷西就問我：『這個稿子妳寫不寫？妳到底死前三個月要做什麼，妳到底要怎麼寫嘛？』

我仍繼續揉麵，說：『你先讓我把麵揉完嘛！』

『妳到底寫不寫啊？』他直問，我就轉過頭來，看著荷西，用我滿是麵糊的手摸摸他的頭髮，對他說：『傻子啊！我不肯寫，因為我還要替你做餃子。』」

「講完這話，我又繼續揉麵，荷西突然將他的手繞著我的腰，一直不肯放開，我說：『你神經啦！』」

「因為當時沒有擀麵棍，我要去拿茶杯權充一下，但他緊摟著我不動，我就說：『走開嘛！』」

「我死勁地想走開，他還是不肯放手，『你這個人怎麼這麼討厭……』話正說了一半，我猛然一回頭，看到他整個眼睛裡充滿了淚水，我呆住了，他突然說：『妳不死，妳不死，妳不死……』然後又說：『這個《愛書人》雜誌我們不要理他，因為我們都不死。』」

「『那麼我們怎麼樣才死？』我問。」

「『要到妳很老我也很老，兩個人都走不動也扶不動了，穿上乾乾淨淨的衣服，一齊躺在床上，閉上眼睛說：好吧！一齊去吧！』」

這時，王洛賓的眼淚落下來了。聽著三毛的講述他幾次要掉下淚來，他怕三毛更傷心，一直忍著。

他對三毛說：「荷西的名字取得不大好，這大概就是命吧，人在這世上，命不在自己手上。我的命就從來不在我手上。」

外面的風更大了，烏魯木齊的風是沒有阻礙的，一路奔湧過來，發著聲響。像海浪一樣，一波又一波。

他們似乎都沒有聽見，一直到夜很深很深。

最後，她為他唱了自己寫的歌〈橄欖樹〉：

不要問我從哪裡來
我的故鄉在遠方
為什麼流浪
流浪遠方
流浪
為了天空飛翔的小鳥
為了山間輕流的小溪
為了寬闊的草原
流浪遠方
流浪

第二章

那一個夜晚，大漠月冷，長河星暗，她的故事自然也勾起了他的前塵往事，那些無法提及的悲憤，她的哀怨悽惻的臉，多麼像是離他而去的卓瑪，還有他那在孤苦無依中病死的妻子。

他說：「我也想對妳講一個故事，妳願意聽嗎？剛才我已經講了很多了，可是還想講給妳聽。」

她說：「願意，願意。我本來就是來聽你說故事的，可是不小心自己卻講了那麼多。你講呀，講呀！你每一個故事我都愛聽。」

他說：「一個維吾爾青年在結婚前夜被捕入獄，美麗的未婚妻不久便鬱鬱死去，青年為了紀念愛人蓄起了鬍鬚，從此不再剃鬚，他在漫長獄中為未婚妻寫了一首歌。那首歌叫〈高高的白楊〉。」

三毛聽明白了，那就是王洛賓自己的故事，他就是那個蓄起了鬍鬚的男人。

高高的白楊排成行
美麗的浮雲在飛翔
一座孤墳鋪滿丁香

第一節　烏魯木齊的黃昏

孤獨地依靠在小河上
一座孤墳鋪滿丁香
墳上睡著一位美好姑娘
枯萎丁香引起我遙遠回想
姑娘的衷情永難忘
美好姑娘吻著丁香
曾把知心話兒對我講
我卻辜負了姑娘的衷情歌唱
悄悄地走進了牢房
高高的白楊排成行
美麗的浮雲在飛翔
孤墳上鋪滿丁香
我的鬍鬚鋪滿胸膛

美麗浮雲高高白楊
我將永遠抱緊枯萎丁香
抱緊枯萎丁香走向遠方
沿著高高的白楊

「孤墳上鋪滿了丁香，我的鬍鬚鋪滿了胸膛」，當王洛賓唱到這句歌詞時，三毛的淚水如決堤的河水，嘩嘩流淌。

他們就這樣講著唱著，一夜無眠。

兩個孤獨的人啊！

第二節　依舊夢魂中

回到臺灣之後，三毛夜不能寐，她把在新疆在烏魯木齊在王洛賓家裡的情形一一記述，用飽蘸深情的筆很快寫出了一篇關於王洛賓的文章，她沿用人們對王洛賓的說法，稱他是「中國西北民歌之父」，但她自己同時又發明了一個稱呼，叫「情歌王子」。她的文章和別人是不一樣的，她取的標題也是不一樣，她的文章標題叫〈「情歌王子」的一鞭鍾情〉；還寫了一篇文章叫〈「在那遙遠的地方」見到王洛賓〉。這兩篇文章在臺灣和新加坡的報紙上很快發表了出來。

一時間，沉寂多年的王洛賓從遙遠的地方走了出來，從新疆的達阪城走向東南亞，從烏魯木齊走到了臺灣，從動人歌謠的後面走到了斑斕世界的前面。那一首首攝魂動魄的歌曲，被人們再次傳唱，人們知道，這美妙絕倫的曲子出自一個戴著氈帽、滿臉鬍鬚的老人之手。他流落到新疆已是多年，從此再難忘記他懷抱吉他彈奏的模樣。他那飽經風霜的面孔和那單薄瘦弱的身體也永遠刻進了人們的記憶裡。

在那遙遠的地方，有位好姑娘……

在那遙遠的地方，有位可憐的老人。

王洛賓雖然寫了那麼多的歌，但受外部條件挾制，使他不得不埋沒在歲月的泥沙裡多年，因著三毛的採寫，這顆落入泥沙裡的明珠才又被挖掘、被撿拾出來。他那美麗的光彩再度閃爍，他的歌曲被人們到處吟唱。

三毛寫了王洛賓，人們當然更希望看到王洛賓寫的三毛。

一家家媒體接踵而來，他們圍著王洛賓聽他講對三毛的印象，他們還力邀他寫一寫三毛。

他無法推託，他怕辜負了三毛，七十七歲的手再次握起了筆。他寫了〈海峽來客〉，又寫了〈回訪〉。他寫的深情、浪漫，又是一首可以譜成曲調的歌啊！想想他看書時的吃力勁，為三毛寫歌他也一定是費了很大工夫吧？幸而多愁善感的三毛留給了他清晰難忘的印象，他就照著她的樣子來寫：

是誰在敲門
聲音那樣輕
像是怕驚動主人
打開房門頓吃一驚
原來是一位女牛仔
模樣真迷人——
鑲金邊的腰帶
大方格的長裙
頭上裹著一塊大花巾

只露著滴溜溜的一雙大眼睛

……

五月，他把他的歌詞又寄到了臺灣，寄給了三毛。

三毛收到了，三毛在回信中說：「謝謝你，洛賓，你的眼睛太銳利了，我小小的動作你都看在了眼裡，還寫進了歌詞。」

故事到這裡，似乎三毛的生命裡又一段傳奇的愛情就要誕生了。王洛賓已對她「一鞭鍾情」，他已是她的「情歌王子」。可是，命運對三毛沒有那麼慷慨，或許這世上美好的期許本來就很稀少，倒是落空和打擊很常見。

美好，不是想要就來，特別是對三毛這樣的女人。她太有才情，連上帝也嫉妒她，偏不給她愛情。

回到臺灣的三毛，在父母的眼裡像是換了個人，許久沒有的笑容又回到了臉上，她愉快地幫父母做家事，媽媽吃驚地都不知道該如何對三毛了。她有一陣子都沒興趣做家事了。她聯絡朋友們，答應演講，參加各種聚會。

然而，上帝好像對三毛不夠偏愛，沒有多久便冷酷地拿走了她的笑容，令她又一次

第二章

陷入到了巨大的傷痛之中。

一九九〇年四月二十七日，離開王洛賓不到十天，三毛就寫了信給王洛賓。那已經發生的不能只是一縷煙塵，她還需要證實：她愛他，他也愛她。燈下，她展紙提筆，寫下給王洛賓的信，小心翼翼又熱情滿懷。

我親愛的朋友，洛賓：

萬里迢迢，為了去認識你，這份情不是偶然，是天命。沒法抗拒的。

我不要稱呼你老師，我們是一種沒有年齡的人，一般世俗的觀念，拘束不了你，也拘束不了我。尊敬與愛，並不在一個稱呼上，我也不認為你的心已經老了。

回來早了三天，見過你，以後的路，在成都，走得相當無所謂，後來不想走下去，我回來了。

閉上眼睛，全是你的影子。沒有辦法。

照片上，看我們的眼睛，看我們不約而同的帽子，看我們的手，還有現在，我家中蒙著紗巾的燈，跟你都是一樣的。

你無法要求我不愛你，在這一點上，我是自由的。

上海我不去了，給我來信。九月再去看你。

寄上照片四大張，一小張，還有很多。每次信中都寄，怕一次寄去要失落。想你。新加坡之行再說。我擔心自己跑去你不好安排。秋天一定見面。

三毛

西元一九九〇年四月二十七日

她的信寫得多麼情真意切。是那種三毛式的表達。種子一旦發了芽，接下來必是瘋狂的生長，不可遏止。寫信，寫信給王洛賓，成了三毛最愛做的事。寫著的時候，便是想他的時候。天上落下一粒沙，地上便有了撒哈拉。每想你一次，便是一粒沙。

那一輛輛叫做「青鳥」的公車，慢慢地駛過，而幸福總是在開著，在流過去，廣場上的芸芸眾生，包括我，是上不了這街車的。

那做丈夫的手，一直搭在他太太的肩上；做太太的那個，另一隻手繞著先生的腰。兩個人，在聖母面前亦是永恆的夫妻。一低頭，擦掉了眼淚。但願聖母你還我失去的那一半，叫我們終生跪在你的面前，直到化成一雙石像，也是幸福的吧！

世上的歡樂幸福，總結起來只有幾種，而千行的眼淚，卻有千種不同的疼痛，那打不開的淚結，只有交給時間去解。

而我的距離和他們是那麼的遙遠，這些東西，不是我此行的目的——我是來活一場的。

相信人有前世和來世嗎？我認識過你，不在今生。歲月可以這樣安靜而單純地流過去，而太陽仍舊一樣升起。

誰喜歡做一個永遠漂泊的旅人呢？如果手裡有一天捏著屬於自己的泥土，看見青禾在晴空下微風裡緩緩生長，算計著一年的收穫，那份踏實的心情，對我，便是餘生最好的答案了。

我，仰望著彩霞滿天的穹蒼，而蒼天不語。

窗外的雨，一過正午，又赴約似地傾倒了下來，遠處的那片青山，煙雨濛濛中一樣亙古不移，冷冷看盡這座老城中如逝如流的哀樂人間。

相信上天的旨意，發生在這世界上的事情沒有一樣是出於偶然，終有一天這一切都會有一個解釋。

我是見不得男人流淚的，他們的淚與女人不同。

恬睡牧場，你是你，我是我，兩不相涉，除非我墜馬，從此躺在這片土地上，不然便不要來弄亂我平靜的心吧！

三毛思緒萬千，那些她寫在文章裡的話，此刻都像是為王洛賓而寫。她在心裡默唸著這些話語，她認定她與王洛賓隔著千山萬水的愛，一定是前世的安排。她是個萬水千山走遍的人，萬水千山的盡頭，遙遠的新疆是她最後的落腳。有一個人在那裡等她。

從一九九〇年五月到八月，短短三個月裡，三毛就寫了十五封信給王洛賓。

我很想一一閱讀這些信，並提供給讀者們一起來閱讀。可惜在三毛目前出版的《三毛文集》裡沒能找到。也許是我目力所限，我是多麼想看到那些三毛式的文字啊！在茫茫網海裡，我費力地打撈了三天，終於打撈出了上面的一封信，即四月二十七日的那一封。

或許，這是三毛內心的祕密，她只想把這個祕密留給自己，或許她的愛太沉重、太傷感，沉重得連她自己也拿不起來了，傷感得像臺北的雨，把自己也淋透了。

在四月二十七日的信上，她的愛在紙上跳躍，令人讀之動容。

那麼，寫過那麼多動人情歌的王洛賓，難道鐵板一塊感覺不到嗎？鐵板在烈焰中是可以熔化的呀！

何況王洛賓又怎能是一塊鐵板呢？

他為第一任妻子寫過歌：

我們的過去，我們的情意，怎麼難忘記
蔓莉，怎麼妳這樣的忍心，靜靜地就離去
我很傷心，從今以後不能夠見到妳
只有留下的往日情景使我常回憶，蔓莉

他為卓瑪寫過歌：

我願做一隻小羊
跟在她身旁
我願她拿著細細的皮鞭
不斷輕輕打在我身上

他為亡妻寫過歌：

第二節　依舊夢魂中

掀起了你的蓋頭來
讓我來看看你的臉
你的臉兒紅又圓啊
好像那蘋果到秋天

多麼婉轉深情的詞句，哪一首都是回環往復，一詠三嘆，濃烈的感情表達不盡。

可是，到了我們如此才情高天的三毛這裡，王洛賓卻顯得有些冷靜。

看到三毛的信，王洛賓惴惴不安，他不想讓自己已是死水一潭的心再起微瀾，也許是他心如死灰，也許是他年高力衰，也許那麼多不堪的遭遇早已把他的心打碎。他老了，累了，再也無力為三毛捧出一顆滾燙的心，完整的心。

他很少回信給三毛，他不知該說什麼。

王洛賓的冷靜對於三毛來說卻是可怕的死亡氣息。

她知道他們之間有現實的種種障礙橫亙著，但愛情是可以跨越這些的。三毛信奉的愛一向是猛烈而無往不勝的。

但，這一次，她的信念似乎碰到了喜馬拉雅山，登頂很難，有高寒、有雪崩，還有看不見的冰雪掩蓋著的峽谷。

三毛把王洛賓拉入到糾結與痛苦裡，三毛的熱情他不忍傷害，又怎忍心傷害，掙扎良久，他終於寄出了一封信。

王洛賓的字詞是斟酌過的，寫得委婉含蓄。可是誰都知道，委婉的迴避有時比直接的拒絕更具殺傷力啊！

他寫道：

蕭伯納有一把破舊的雨傘，早已失去了雨傘的作用，但他出門依然帶著它，把它當作拐杖用。我就像蕭伯納那柄破舊的雨傘。

我們能夠想像到三毛收到這封信的感覺，冰雪聰明的她怎能不解其中的意思，他說他是一把破舊的雨傘，不能擋風遮雨了，只能自己當拐杖用。他比喻得好恰當好貼切呀！他有憂傷，他有無奈，他有自身難保的苦衷。他清楚地知道以自身的衰朽之軀，就算給他一顆甜蘋果，他也接不住了。

這封信之後，他就不再寫信給她了。

可是，熱情似火的三毛又怎能忍受得了？愛情的火焰正在燃燒，怎能說滅就滅了呢？

在臺北，她坐立不安，立刻寫了信：

你好殘忍，讓我失去了生活的拐杖！

三毛怪罪著王洛賓：你若是拐杖，那便應是我的拐杖，我生活的拐杖，你沒有權力讓我失去生活的拐杖。三毛就這樣直白地說著。

一九九〇年的八月，三毛在北京為自己編寫的電影劇本《滾滾紅塵》補寫旁白。這也是她生命中的最後一部作品。八月二十日，三毛從北京發了一封加急電報給王洛賓：

八月二十三日（CA0916 班機）請接平。

三毛的原名是叫陳平，她對王洛賓一開始就用自己的原名相稱呼。三毛是屬於外人的，而「陳平」、「平」，是屬於自己的愛人的。

本來，她與王洛賓說好九月要來新疆的，但王洛賓那封「破雨傘」的信讓她的心很不寧靜，她沒有辦法等到九月分了。她的愛一直都這樣，容不得拖沓。

她歸心似箭，思心切切。

她把切切思心，提前到了八月二十三日，她決定立刻就到烏魯木齊來。

第二章

二十日的電報說二十三日到達，就是後天，三毛就要來了。王洛賓有點手忙腳亂，三毛告訴他，這一次不住賓館，她討厭賓館打擾，討厭招來記者，她要住到王洛賓家裡，她要和他共同生活一段時間。

她要為他做飯，拉麵條、包餃子，就像在撒哈拉為荷西做飯一樣。

如果說四月分三毛的到來讓王洛賓有些猝不及防的話，那麼這一回，王洛賓也算是下了工夫，儘管時間也很有限，他還是讓人陪伴著在家具市場替三毛購置了一套單人席夢思床，席夢思那時在新疆也才剛剛流行，算是個時髦物。又購置了一個書桌，還有一盞檯燈，一床新被褥。

王洛賓想得也夠周到的。

王洛賓在機場迎接了三毛，還送了一束鮮花。那天，王洛賓難得地穿了一身新西裝，打了領帶，老頭本是個高個子，身板挺拔，這西裝一穿，也不失硬朗瀟灑。三毛一臉喜氣地接過了王洛賓遞上來的鮮花，另一隻手臂挽起王洛賓一同走出機場。

短暫的迎接是一個歡樂的場景，她沒有想到王洛賓會為她準備這麼隆重的歡迎禮，但在幾分鐘的欣喜之後，她很快便不高興起來。

她發現有很多記者也湧上前來，對著王洛賓和她猛勁地拍照。她的臉上掠過了一絲淡淡的不悅。

她覺出了王洛賓把她的到來有意當成公眾事件，以此拉開和她之間私人交往的距離，這樣的一個安排，是明顯拒她於千里之外的意圖。後來，當她了解到這是烏魯木齊幾位年輕的電視新聞工作者，正在籌劃拍攝一部反映王洛賓音樂生涯的紀實性電視節目，而她到來的場景被不著痕跡地放進了這個紀實性節目裡，她成了王洛賓電視節目裡的一個角色。這些王洛賓之前沒有透露過一個字，她被蒙在鼓裡什麼都不知道，稀裡糊塗地就進到了專題片裡。

一下飛機，一道陰影就投射在了三毛心上，這成了後來她極度失望傷心地離開烏魯木齊、離開王洛賓的主要因素。

你可以不愛我，但你不可以騙我——這話不是三毛說的，但我想那一刻，她單純善良的心裡會不會冒出這句話來呢？

但畢竟愛的力量那麼強大，她還是打定主意要住進王洛賓的家裡。她把她的大箱子和各式各樣波西米亞衣服像回到家裡一樣都擺了出來。還有她的日常用品，也都各就各位。她一邊擺著東西，一邊對王洛賓說：「我不住賓館，我住在家裡是為了要走近你。」

她把那身從尼泊爾訂購的「卓瑪服」又穿在了身上。她多麼想喚醒王洛賓那顆不肯醒來的心啊！她多想給這顆心注入活力和激情啊！

「在那遙遠的地方有位好姑娘」，她也是從遙遠地方來的「好姑娘」呀！人們從她的帳房走過，都要回頭留戀地張望。她要和王洛賓彼此張望，直到永遠。

她對王洛賓說，從現在開始，不許你進廚房，不許你動這裡的東西，我是這塊地的主人，我要掌勺。

別以為三毛只會寫文章，她其實是很愛做家事的，也很會做飯的。仔細閱讀她的文章，好多地方都寫到吃，寫到美食，寫到處理日常、處理緊急情況。她是個很機敏的女人，不光會傷感、光會流淚。

人們總是對才情卓越的女人產生偏見，以為這樣的女人都不會做家事，就如同無法想像李清照是一個家庭主婦一樣。可李清照也常在燈下做針線呀！「簾捲西風，人比黃花瘦」，瘦的是她的心，不是她的手呀！李清照的女紅是相當不錯的。其實你想，寫文章容易還是做家事容易？文章都能寫得那麼漂亮，做家事又算得了什麼？優點太突出的時候，其他方面就難免被掩蓋了。這是所謂才女們的悲哀，她們容易被人看作生活裡的低能兒。

三毛用心地打理著王洛賓的生活，很多時候，她更像是一個標準的小媳婦。

王洛賓也和她一同到外面去逛，三毛向王洛賓要了一輛腳踏車，騎著腳踏車到處跑。

有一張三毛在烏魯木齊街頭騎著腳踏車的照片，十分動人。我每次看到那張照片，都想落淚。

照片上，她穿著藍色的上衣，那種藍一般人是不敢去嘗試的，一種很古怪的藍色，不好描述，但放在三毛身上卻是那麼恰到好處。她對服裝，對色彩，對飾物，絕對是有審美和研究的，有不一樣的眼光的，要不，怎麼能是獨一無二的三毛呢？

再看她那件裙子，顏色也是多麼大膽誇張。是薑黃色的，配著上衣的藍。這兩種顏色本是衝撞的，可在三毛身上，卻讓人越看越覺得那麼好看。美術家說，世上沒有一種顏色是不好看的，關鍵是你把哪種顏色放在一起。說得太對了，三毛就是會放對顏色的人。

還有她那棕色的綁帶皮靴子，平底的，白襪子淺淺地露了一圈，裹著腳踝。

第二章

再看她的姿勢吧，頭髮一分為二，用小皮筋綁著，鬆鬆地搭在肩上。她的頭微微偏著，一腳蹬著踏板，一腳踩地，笑著，像個頑皮的少女一般。

我猜想那一刻是她剛剛騎上腳踏車，準備出發了。腳踏車是她逼著王洛賓替她找來的。她騎上腳踏車向王洛賓告別，準備郊遊去了。逛去了，走了。她偏過頭，向王洛賓告別——好乖，在家等著我，我在傍晚的時候就回來了。

啊，我好喜歡這張照片。自從荷西出事之後，我們在三毛的文章裡讀到的都是哀痛和憂傷，太久了，太久了，陰雲不散，晴日難覓。十一年了，壓抑這麼久的三毛也該笑一下了呀！

再看照片上的那個背景。對，別急，她還背著包包，雙肩包，那種出外郊遊的包，藍色的，像是牛仔布做的。

背景果然是在郊外，是綠色的田野，長著鋪向遠方的植物，叫不上名。還有房子，在畫面的左上角，瓦房，有坡頂。噢，還有帳篷呢！白色的。真的呀！三毛這是在哪裡？我們無從考證了。田野還有一排樹，還有遠山，不高，是一帶，有恰到好處的曲線，三毛的頭高過遠山，她的雙手緊握車把，像要讓身體飛過遠山的感覺。遠山是青色的，還有淡灰色的天，一碧如洗。啊，新疆是一個好地方呀！烏魯木齊景色美呀！自在的女人笑得甜呀，笑得甜呀！好想寫出一個古香古色的句子，像唐詩那樣的句子。可惜呀！不能寫出。

以為這就是幸福，上街、購物、買菜、閒逛，彈琴、唱歌、填詞。耳鬢廝磨，朝夕相伴，人間至景莫過於此，人間最幸正是如此。世間最平和的快樂就是靜觀天地與人世，慢慢地品味它的和諧。

三毛說，真正的快樂，不是狂喜，亦不是苦痛，在我很主觀地來說，它是細水長流，碧海無波，在芸芸眾生裡做一個普通的人，享受生命一剎那的喜悅，那麼，我們即便不死，也在天堂了。

第二節　依舊夢魂中

好景不長，三毛的天堂傾覆了。

幾天之後，三毛便待不下去了。各路媒體像馬蜂窩打散了一樣，不斷地來蟄她，叮咬她，騷擾她，而她卻只想和王洛賓單獨相處。

她向王洛賓說過不止一次，而王洛賓卻總是遷就著媒體，遷就著這群馬蜂。他甚至還勸說三毛屈從媒體，配合媒體的採訪。他那種對媒體的淡然處之反襯著三毛的偏激和固執，越發顯得三毛是一個不合群的人了。

第二章

這完全扭曲了三毛。三毛覺得自己是有苦難言，她焦慮、憤怒，卻無處發洩。她知道自己又陷入了無路可去的迷茫裡。

她掙扎著，總是一個人騎著腳踏車，穿梭在烏魯木齊的街道，街道曲曲折折，有的短促一望到頭，有的深不可測。百貨公司她從來不去，她愛到市場上去，到瓜果攤、菜市場去。天近黃昏的時候，她真的提提溜溜地拿回很多的菜。

她精心地做著，認真地扮演著她的角色，她自己給自己賦予的角色。

可是，飯做好了，菜也端上來了，她的愛人，心中的愛人，卻遲遲不見歸來。暮色四合，天色暗沉，八月的烏魯木齊是多美好季節，窗外是原野，可以極目遠眺，可以思極八荒。

烏魯木齊是座彩虹的城市，她在這裡見過好多次彩虹了。彩虹從天到地，多麼絢爛，多麼神奇，那般景象在臺北是看不到的。臺北的高樓太多，也凌亂。而烏魯木齊總是一望無際，能一眼望到天邊。天蒼蒼，野茫茫，天似穹廬，籠蓋四野……好多次，她一個人在茫茫四野仰望穹廬一樣的天空，感覺天馬上就會塌下來，把她全部覆蓋，她就像隻小鳥，被玩鳥的人扣在網子裡。她害怕極了。可有時，她一想到她見到的彩虹，又心情大好，她覺得彩虹是個好兆頭，而且她碰到好多次了。就在她的前方，雨過天青，

第二節　依舊夢魂中

她騎著腳踏車，走著走著，一道彩虹便橫在她的面前，是個好大的半圓，像巨大的花園的彩門一樣。她帶著對老天的驚恐和喜悅穿過彩門。但那彩門卻一直在她的前面，她也總攆不到跟前。

她很是失落。她眼看著彩虹一點點淡去顏色，消失在遠遠的天際。

她一個人坐在家裡，坐在遙遠的異鄉的家中，她本來是把這裡當成自己的家的。可她一個人坐著的時候，她便生出了在異鄉的感覺。這裡，烏魯木齊，總歸不是她的，不是她的家。

那個人，並沒有人陪她一路去追彩虹，那個人總是讓她坐在這裡等。她抽了好多的菸了，菸灰缸都快滿了，可他還是不見蹤影。

那個她愛著的寫歌的人，早上她還沒有醒來的時候，他就出門了，這麼晚了他還沒有回來，他在忙他的電視節目。他藉這個由頭，也在刻意地躲開她。

她若是叫他和她多待一會兒，他就拉她到他的工作場去，把她安排進角色裡。

在她愛著的人眼裡，她其實只是一個道具。多麼悲催呀！那麼驕傲的三毛，哪裡受得了這個？從小她就是個被父母寵愛的孩子，父母都有受過教育，算是中產階級。她是

第二章

父母的掌上明珠，她不管怎麼任性，父母都由著她。

當年，她就是看了一本美國地理雜誌，在那上面看到了一個小黑點，小黑點的旁邊注了一行字：西屬撒哈拉。她為這名字好奇，就決定要到撒哈拉去。那個時候，她的小愛人，比她小八歲的荷西也是那麼地寵愛著她，荷西放棄已經找好的工作，也隨著她到了撒哈拉。荷西說，妳到哪裡，我便在那裡。

但她在這裡呢？

她在新疆，在烏魯木齊，在王洛賓家裡，遇到了生命裡從未有過的打擊。

她沒有想到事情會是這樣。王洛賓那樣地冷落她，躲避她，對她遮遮掩掩，吞吞吐吐；她抓不住人，也抓不住一句真話。她終於抓狂了，她發怒了。

像她這樣的性子，能夠隱忍這麼久，已是不易。

她和王洛賓吵架了。

王洛賓嚇得一句話也不敢說，可憐的老頭縮在八仙桌的另一側，像個犯錯的小孩子一樣不知所措。她的心又軟了，眼淚嘩嘩地流了下來。

那麼遠地跑到這裡，自己究竟是個什麼角色呀！難道僅僅是王洛賓專題片裡的配角嗎？不知不覺間她竟成了這樣的角色，而你再看他，他的表情竟然還那麼無辜。

還有什麼比這樣的傷害更令人無法承受的呢？一時間，三毛感覺天塌了，地陷了。她把自己揪起來拋向山頂，又從山頂上咕裡咕咚地滾了下來，她被堅硬的山石碰得渾身是血。

她病了。她怎能不病！

她躺在病床上想了很多，想了很久，想得頭痛欲裂。她的失眠症愈發地嚴重了。她心很慌，大陸性氣候也在她身上產生了不良反應。

幾個夜晚的輾轉難眠之後，她終於想明白了。可憐的三毛！明白的時候也就是傷心的時候、絕望的時候。

王洛賓，這個寫歌的老頭，他再怎麼用情，到底也是快八十歲的老人了。生活在他心上刻下的傷痕，已是洗不掉抹不去了。而她憑著一腔熱情想去撫慰那顆心，柔軟那顆心，已是不能。她期待從那顆心中得到溫暖，更是不能。

那心已冷，那心已死。她的心也該死了，不死也得死。

她愛他，愛他的歌，可他已無力再愛。她若再愛，便是對他的壓迫。實際上，雖然

第二章

她愛得很苦，但他被她愛著也很苦啊！看他那害怕的眼神、無辜的眼神，一切都不用再說了。

是她影響了他呀！是她貿然前來，打亂了他平靜的生活，他半生不易——不，一生不易。好不容易才安定下來，他再也沒有能力折騰了。

是她自己太唐突了。新疆不是她的，烏魯木齊不是她的，王洛賓不是她的。

她該走了。

她像是活不下去了，病得這麼重。

王洛賓急急地請來了醫生，為三毛診治，還請來了一位女孩子悉心照料她。他的禮節盡到了，責任盡到了。對愛而言，這貌似彬彬有禮的背後，是多麼冷酷的拒絕。

新疆再見，烏魯木齊再見，洛賓再見。

身體稍微好一點，她便決意要走了。

一九九〇年九月七日的凌晨，三毛提著她的大皮箱要走了。她在王洛賓的家裡待的時間不到半個月。她帶來的那些奇奇怪怪的波西米亞服裝，有的還沒來得及穿。她本來是要一件件穿給王洛賓看的呀！

王洛賓找了一輛軍車把三毛送到機場，這一回，是他們兩人私密的告別，沒有驚動記者。

王洛賓和三毛的故事到這裡基本上就算結束了。是個傷感的故事，結局不算美好。

三毛死後，人們談起她和王洛賓的時候，都在說三毛的純情，而多少有些指責王洛賓的無情，特別是指責王洛賓對三毛的利用。

人們都說，那麼純潔的三毛是被人利用了。她傷心透了，這一回心傷得可不輕啊！

在這裡，我想替王洛賓說幾句話，責怪王洛賓有理卻也無理。在當時，或許是媒體和機構的作為，王洛賓也難以控制，畢竟他是一個七十七歲的老人。他說過，他的命運從來不在他自己手裡。年輕的時候他都無法控制，何況現在垂垂老矣，一些局面讓一個老人如何掌控？再說，他已是名揚海外的藝術家了，拍不拍紀錄片和專題片都影響不到他了。他有他的歌已足夠了，根本不需要靠什麼專題和紀錄替自己宣傳和鼓吹。王洛賓本是個清高的藝術家，完全不必靠什麼片子來抬高自己。我個人不願意把一個寫出那麼偉大作品的人看成是一個俗不可耐的人。

所以，我不贊成那種說法，說是王洛賓利用了三毛、三毛覺得被利用了。這不是太俗了、太輕看我們兩位大師了嗎？這真是對他們的誤解。

第二章

說到底，個人覺得，他們的裂痕還是源於一個字：愛。

一個要愛，一個不敢愛、無法愛。

愛，是什麼？千載之下，誰能說清？

問世間，情為何物，直教生死相許？天南地北雙飛客，老翅幾回寒暑。歡樂趣，離別苦，就中更有痴兒女……

三毛千里赴新疆，原只為尋得一個「愛」字。愛丟了，留有何益？情沒了，不走何干？

總之，不管怎麼說，這一次的新疆之行，短暫的快樂之後，三毛又一次被扔到曠野裡，茫茫人生曠野，她還得一個人走下去。沒人陪她。

而一切經過的，絕不會像飛鳥掠過天空，不留痕跡。哪裡呀，鳥兒飛過，也會留聲的。

新疆之行，在三毛的生命裡刻下了深深的痕跡，讓她對生命，對愛情，對未來產生了新的看法。這個看法，引導了她最後的生命走向。

世上沒有空穴來風。

人，在這個世界裡，真的如一粒沙塵，風把它刮在哪裡，沙塵一點也不知道。王洛賓不知道，三毛也不知道。我們都不知道。

好，我們且看三毛接下來的行程。這一段，又是她生命裡奇特的一頁。

第二節　依舊夢魂中

第三章

第一節　苦孩子賈平凹

說了那麼多，其實都只是引子，像是大幕拉開前的鑼鼓，咚咚咚地響過一陣之後，主角才緩緩登場一樣。

我們這個故事裡真正的男主角，是賈平凹。

關於賈平凹，我不想再用第三人稱的方式來講述他了，因為他有一篇文章，題目就叫〈我的自傳〉，副標題是「在鄉間的十九年」。既然有這麼現成的東西擺在這裡，我們何不直接拿來用一下呢？況且，我覺得真正想要認識一個作家，最好是去讀他本人的作品。〈在鄉間的十九年〉是他的自傳，也更是樸質無華的美文，我們又何不借此欣賞一遍呢？

〈我的自傳——在鄉間的十九年〉／賈平凹

一九八三年一月八日，我從城北郊外遷移市內，居於三十六點七平方米的水泥房，五個門開關掩閉不亦樂乎，空氣又可流通，且無屋頂漏土，夜裡可以仰睡，溼溼蟲也不滿地爬行，心遂大足！便將一張舊居時的照片懸掛牆上，時時作回憶狀。照片上我題有一款，如此寫道：

「賈平凹，三字其形，其間，其義，不規不則不倫不類，名如人，文如名，醜惡可見也，生於一九五二年二月二十一日，少時於商山下不出。後入長安，曾情以濟天下之雄心，然無翻江倒海之奇才，落拓入文道，魔蝕骨髓不自拔，作書之蟲，作筆之鬼。廿二歲，奇遇鄉親韓××，各自相見鍾情，三年後遂成夫妻。其生於舊門，淑賢如靜山，豁達似春水。又年後得一小女，起名淺淺，性極靈慧，添人生無限樂氣。又一年入城闔家，客居城北方新村，茅屋墟舍，然順應自然，求得天成。為人為文，作夫作婦，絕權欲，棄浮華，歸其天籟，必怡然平和，家窠平和，則處煩囂塵世而自立也。」

隨便戲筆題款，沒想竟作了一件大事，完成了而立之年間第一次為自己作傳。今讀此傳，甚覺完整，其年齡、籍貫、相貌、脾性，以及現在人極關心的作家的戀愛、家庭，處世態度無不各方面披露。故《新苑》雜誌要求自傳，以此應付，偏說太單，遲遲一年有餘不肯再寫，惹得雜誌社幾乎變臉，生怕招來名不大氣不小之嫌，勉強再作一

第三章

次，發誓以後再不作這般文字，既就老死作神作鬼，這一篇也權當是自作的墓誌銘了。

這是一個極醜的人。

好多人初見，頓生懷疑，以為是冒名頂替的騙子，想唾想罵扭了手臂交送到公安機關去。當經介紹，當然他是尷尬，我更拘束，扯談起來，仍然是因我面紅耳赤，口舌木訥，他又將對我的敬意收回去了。

我原來是不應該到這個世界上作人的。

娘生我的時候，上邊是有一個哥哥，但出生不久就死了。陰陽先生說，我家那面土坑是不宜孩子成活的，生十個八個也會要死的，娘便懷了我在第十月的日子，借居到很遠的一個地方的人家生的。於是我生下來，就「男占女位」，穿花衣服，留黃辮撮，如一根三月的蒜苗。家鄉的風俗，孩子難保，要認一個乾爹，第二天一早，家人抱著出門，遇張三便張三，遇李四就李四，遇雞遇狗雞狗也便算作乾爹。沒想我的乾爸竟是一位舊時的私塾先生，家裡有一本《康熙字典》，知道之乎者也，能寫銘旌。

我們的家庭很窮，人卻旺，父輩為四，我們有十，再加七個姐妹，亂哄哄在一個補了七個銅釘的大環鍋裡攪勺把，一九六〇年分家時，人口是二十二個。在那麼個貧困年代，大家庭裡，鬥嘴吵架是少不了的，又都為吃。賈母享有無上權力，四個嬸娘（包括我娘）形成四個母系，大凡好吃好喝的，各自霸占，搶勺奪鏟，吃在碗裡盯著鍋裡，添兩桶水熬成的稀飯裡煮碗黃豆，那黃豆在第一遍盛飯中就被撈得一顆不剩。這是和當時公社一樣多弊病多窮困的家庭，維持這樣的家庭，只能使人變作是狗，是狼，它的崩潰是自然而然的事。

我父親是一個教師，由小學到高中，他的一生是在由這個學校到那個學校的來回變動中度過的。世事洞明，多少有些迂，對自己，對孩子極其刻苦，對來客卻傾囊招待，家裡的好吃好喝幾乎全讓外人享用了，以致在我後來作了作家，每每作品的目錄刊登於報紙上，或某某次赴京召開某某會議，他的周圍人就向他道賀，討要請客，他必是少則一斤糖一條菸，大到擺一場酒席。家鄉的酒風極盛，一次酒席可喝到十幾斤幾十斤水酒，結果笑　哭鬧，顛三倒四，將三個五個醉得撂倒，方說出一句話來：今日是喝夠了！

這種逢年過節人皆撂倒的酒風，我是自小就反感的。我不喜歡人多，老是感到孤獨，每坐於我家堂屋那高高的石條石階上，看著遠遠的疙瘩寨子山頂的白雲，就止不住怦怦心跳，不知道那雲是什麼，從哪兒來到哪兒去。一隻很大的鷹在空中盤旋，這飛物是不是也同我一樣沒有一個比翼的同伴呢？我常常到村口的荷花塘去，看那藍瑩瑩的長

第三章

有豔紅尾巴的蜻蜓無聲地站在荷葉上，我對這美麗的生靈充滿了愛欲，喜歡牠那種可人的又悄沒聲息的樣子，用手把牠捏住了，那藍翅就一陣打閃，可憐的掙扎，我立即就放了牠，同時心中有一種說不出的茫然。

這種秉性在我上學以後，愈是嚴重，我的學習成績是非常好的，老師和家長卻一直擔心我的「生活不活躍」。我很瘦，有一張稀飯灌得很大的肚子，黑細細的脖子似乎老承負不起那顆大腦袋，我讀書中的「小蘿蔔頭」，老覺得那是我自己。後來，我愛上出走，背了背簍去山裡打柴、割草，為豬採糠，每一個陌生的山岔使我害怕又使我極大滿足。商州的山岔一處是一處新境，豐富和美麗令我無法形容，如何突然之間在崖壁上生出一朵山花，鮮豔奪目，我就坐下來久久看個不夠。偶爾空谷裡走過一位和我年齡差不多的甚至還小的女孩兒，那眼睛十分生亮，我總感覺那周身有一圈光暈，輕輕地在心裡叫人家是「姐姐」！盼望她能來拉我的手，撫我的頭髮，然後長長久久地在這裡住下去，這天夜裡，十有八九我又會在夢裡遇見她的。

當我讀完小學，告別了那牆壁上端畫滿許多山水、神鬼、人物的古廟教室。我以優異的成績考上初中後，便又開始了更孤獨更困頓更枯燥的生活。印象最深的是吃不飽，一下課就拿著比腦袋還大的瓷碗去排隊打飯。這期間，祖母和外祖母已經去世，沒有人再偏護我的過錯和死拗，村裡又死去了許多極熟識的人，班裡的幹部子弟且皆高傲，在衣著上、吃食上以及大大小小的文體之類的事情上，用一種鄙夷的目光視我。農家的孩子願意和我同行，但爬高上低魔王一樣瘋狂使我反感，且他們因我孱弱，打籃球從不給我傳球。拔河從不讓我入夥，而冬天的課間休息在陽光斜照的牆根下「搖鈴」取暖，我是每次少不了被作「鈴胡兒」的噩運。那時候，操場的一角呆坐著一個羞怯怯的見人走來又慌亂瞧一窩螞蟻運行的孩子，那就是我。我喜歡在河堤堰上抓一堆沙窩裡的落葉燃起篝火，那煙絲絲縷縷升起來可愛，那火活活騰起來可愛。

不久，文化大革命就開始。文化大革命開始的同時，也便結束了我的文化學習。但也就在這千年，我第一次走出了秦嶺，擠在一輛篷布嚴實的黑暗的大卡車到了西安「串連」。那是冬日，我們插楔似地塞在車箱，周身麻木不知感覺，當我在黑龍口停車小解時，用手狠狠地拔出自己的腳來，腳卻很小了，還穿著一隻花鞋，使我大惑不解，驀地才明白拔出的不是我的腳，忙給旁邊那一位長得極俏的女孩兒笑笑，她，竟莫名其妙，她也是不知道她的腳曾被我撥動過。西安的城市好大，我驚得卻不知怎麼走？同伴三人，一人牽一人衣襟，腦袋就四方扭轉。最叫我興奮的是城裡人在下雨天撐有那麼多傘，全不是竹製的，油布的。一把細細的鐵棍，帆布有各種顏色。我多麼希望自己有那

第三章

麼一把傘，曾痴痴地看著一個女子撐著傘從面前過去，目送人家消失，而險些被一輛疾馳的自行車撞倒。在馬路口的人行道上，一個姑娘一直在看我，我覺得挺奇怪，回看她時，她目光並沒有避，還在定定看我。冬天的太陽照著她，她漂亮極了，耳朵下的那塊嫩白白的地方，茸茸可愛的鬢髮中有一顆淡墨的痣，正如一隻小青蛙遇到了一條蟒蛇，蛇的眼睛可愛可怕，但卻一直看著蛇眼走近牠。我站在了姑娘的面前。「你從哪裡來？」她問。「山裡。」「山裡和城裡哪兒不一樣？」她又問。「城裡月亮大，山裡星星多，」我如實說了，還補充一句，「城裡茅坑（廁所）少。」她嘎嘎笑了一陣就起身跑了，我看見她在不遠的地方給她的朋友們講述我的笑話，但我心裡極度高興，這是第一個和我說話的城裡人，至今我還記得起她漂亮的笑容。

串連歸來，武鬥就開始了。我又拎起那只特大的每星期盛滿一次酸菜供我就飯的瓷罐回到村子裡。應該說，從此我是一個小勞力，一名公社的社員。離開了枯燥的課堂，沒有了神聖可畏的老師，但沒有書讀卻使我大受痛苦。我不停地在鄰村往日同學的家裡尋借那些沒頭沒尾的古書來讀，讀完了又以此去與別的人的書交換。書盡閒書，讀起來比課本更多滋味，那些天上地下的，狼蟲虎豹的，神鬼人物的，一到晚上就全活在腦子裡，一閉眼它就全來。這種看時發呆看後更發呆的情況，常要荒綴我的農業，老農們全不喜愛我作他們幫手，大聲叱　，作賤。隊長分配我到婦女組裡去作活，讓那些三十五歲以上的所有人世的忌妒，氣量小，說是非，庸俗不堪諸多缺點集於一身的婆娘們來管制我，用唾沫星子淹我。我很傷心，默默地幹所分配的活，將心與身子皆弄得疲累不堪，一進門就倒柴捆似地倒在炕上，睡得如死了一樣沉。

陰雨的秋天，天看不透，牆頭，院庭，瓦槽，雞棚的木梁上金銅一樣生綠，我趴在窗臺上，讀魯迅的書：「窗外有兩棵樹，一棵是棗樹，另一棵也是棗樹。」

我的眼裡噙滿了淚水。

我盼望著文化大革命快些結束，盼望當教師的父親從單位回來，哪一日再能有個讀書的學校，我一定會在考場上取得全優的成績。一出考場使所有的孩子和等在考場外的孩子的父母對我有一個小小的忌妒。然而，我的母親這年病犯了，她患得脅子縫疼，疼起來頭頂在炕上像犁地一樣。一種不祥的陰影時時壓在我的心上，我們弟妹淚流滿面地去請醫生，在鐵勺裡燒焦蓖麻油辣子水給母親喝。當母親身子已經虛弱得風能吹倒之時，我和弟弟到水田去撈水蝸牛，撈出半籠，在熱水中煮了，用錐子剜出那豆大一粗白肉。我們在一個夜裡關了院門，圍捕一隻跑到院裡的別人家的貓，打死了，吊在門拴上剝皮。那是驚心動魄的一幕，剝出的貓紅赤赤地十分可怕，我不忍心再去動手。當弟弟將貓肉在鍋裡燉好了端來吃，我竟聞也不敢聞了。到了秋天，更不幸的事情發生了，父親，忠厚而嚴厲過分的教師，竟被誣陷定為歷史反革命分子而開除公職遣回家來勞動改造了。這一打擊，使我們家從此在政治上、經濟上沒於黑暗的深淵，我幾乎要流浪天涯去討飯。父親遣回的那天，我正在山上鋤草，看見山下的路上有兩個背槍的人帶著一個人到公社大院去，那人我立即認出是父親。鋤草的婦女把我抱住，緊張地說：「是你老子，你快回去看看！」這些凶惡的婦女那時變得那麼溫柔，慈祥，我永遠記著那一張張恐懼得要死的面孔。我跑回家來，父親已經回來了，遍身鱗傷地睡在炕上，一見我，一把攬住，嚎聲哭道：「我將我兒害了！我害了我兒啊！」父親從來沒有哭過，他哭起來異常怕人，我腦子裡嗡嗡直響，什麼也看不見，什麼也聽不見。

家庭的敗落，使本來就孱弱的我越發孱弱。更沒有了朋友，別人不到我家裡，我也不敢到別人家去，最害怕是那狗咬了。那是整整兩年多時間，直至父親平反後，我覺得我是長大了，懂得世態炎涼，明曉了人情世故。我唯一的願望是能多給家裡掙些工分，搞些可吃的東西。在外回家，手裡是不空過的，有一把柴禾撿起來夾在手臂下，有一棵菜拔下裝在口袋裡。我還曾經在一個草窩裡撿過一顆雞蛋，如獲至寶拿回家高興了半天。那時間能安我心的，就是那一條板的閒書了。這是我收集來的，用條板整整齊齊放在樓頂上的，勞動回來就爬上去讀，勞動了，就抽掉去樓上的梯子。父親瞧我這樣，就要轉過身去悄悄抹淚。

忘不了的，是那年冬天，我突然愛上村裡一個姑娘，她長得極黑，但眉眼裡面楚楚動人。我也說不清為什麼就愛她，但一見到她就心情愉快，不見到她就蔫得霜殺一樣。她家門口有一株桑椹樹，常常假裝看桑椹，偷眼瞧她在家沒有。但這愛情，幾乎是單相思，我並不知道她愛我不愛，只覺得真能被她愛，那是我的幸福，我能愛別人，那我也是同樣幸福。我盼望能有一天，讓我來承擔為其雙親送終，讓我來負擔她們全家七八口人的吃喝，總之，能為她出力即使變一隻為她家捕鼠的貓看家的狗也無尚歡愉！但我不敢將這心思告訴她，因為轉彎抹角她還算作是我門裡的親戚，她老老實實該叫我為「叔」，再者，家庭的陰影壓迫著我，我豈能說破一句話出來？我偷偷地在心裡養育這份情愛，一直到了她出嫁於別人了，我才停止了每晚在她家門前溜達的習慣。但那種鍾情於她的心一直伴隨著我度過了我在鄉間生活的第十九個年。

十九歲的四月的最末的一天，我離開了商山，走出了秦嶺，到了西安城南的西北大學求學。這是我人生中最翻天覆地的一次突變，從此由一個農民搖身一變成城裡人，城裡的生活令我神往，我知道我今生要幹些什麼事情，必須先得到城裡去。但是，等待著

第三章

我的城裡的生活又將是個什麼樣呢？人那麼多的世界有我立腳的地方嗎？能使我從此再不感到孤獨和寂寞嗎？這一切皆是一個謎！但我還是走了，看著年老多病的父母送我到車站，淚水婆娑的叮嚀這叮嚀那，我轉過頭去一陣迅跑，眼淚也兩顆三顆的掉了下來。

作於一九八五年七月二十九日

在孫見喜先生所著的《鬼才賈平凹》一書的封底上，印著一個賈平凹的自畫像，旁邊有一行豎排書法字：我是一顆小釘。自畫像的右邊，一行行排列著賈平凹的簡短自傳。這段文字十分幽默風趣，不妨擺在這裡，供讀者更加深入清晰地理解賈平凹。文曰：

賈平凹

男

漢族

祖籍陝西商州

生於一九五二年二月二十一日

（壬辰年葵卯月辛酉日）

第一節　苦孩子賈平凹

其人身高一百六十二公分
腰圍一尺九寸
體重五十四公斤
秉性恬靜，拙於言詞
不修邊幅，花線吝嗇
細察
四肢五官似有異人之相
風骨清奇，目洞幽深
鼻若截筒，耳垂碩長
雙眉插鬢
左掌「事業線」直貫中指
道教聖地
樓觀道長為之觀相，曰：

第三章

土宿端元似截筒，
灶門孔大即三公，
蘭臺廷尉來相應，
心主聲名達聖聰。

一九七三年，在大學讀書的賈平凹，幾乎天天在作詩了，夜夜像初下蛋的母雞，煩躁不安地在床上構思；天亮起來，一坐在被窩上，就拿筆記下偶爾得到的佳句。一天總會有一首詩、兩首詩出來，同學們都叫他「小詩人」。

在校刊上連續又發表了幾首，他便有些不滿足了，想衝出校門，殺到西安市去。他得空就往市裡的一家報社和一家刊物的編輯部跑。他沒有錢去坐車，他有兩條能跑的腿，常常就誤了吃飯。編輯部的大門，他看作閻羅般森嚴。小跑去了，卻總在門口徘徊許久，緊張得手心直冒汗。在編輯面前，人家不讓坐，他是不敢坐的。他們的每一句話，他只是往心上記。他認識了兩位編輯，臉色不好看，言辭又都生硬，但皆誠摯；每每看過他的習作，劈頭蓋臉砸一通後，又說比前一篇強了，要他再寫，又提供一些書目去讀。他太感激他們了。源源不斷地將稿子送給他們，他們又源源不斷地退還給他。半年多過去了，他寫了十幾萬字的小說、散文、故事、詩歌，竟沒有一個變成鉛字。但他感覺良好，總相信自己還能寫。每寫出一篇，為了刺激鼓勵，他就偷偷一個人到校外餐廳去，買四兩麵條，或是兩個饃，一碗蛋花湯，犒勞自己一番。

他四處求教，但凡在文學上有一字指點的，便甘心三生報恩不忘。有一次，與一位同學騎腳踏車去找一位詩人指導詩文。邊騎邊討論，車過十字路口，竟忘了躲避交警，結果連人帶車扣住，挨了一頓辱罵，兩拳擊打。要麼罰款十五元，要麼沒收腳踏車。他便眼淚汪汪。十五元談何容易？腳踏車又是借來的。雪地裡仰天長嘆。無奈，去商店討了一張包裝紙，買了一枝鉛筆，又買了一把七分錢小刀削了，趴在馬路上寫檢討，把罪惡的帽子全部戴在頭上，把最求饒的語言全部連接。五個小時後，終於感動了上帝，腳踏車要回來了。詩文沒有得到指點，但從此知道了「無產階級專政」的厲害。至今騎車上街，一到十字路口，老遠就下來推著走了。

一九七三年，他在費秉勳主編的《群眾藝術》上發表了他的第一篇作品〈一雙襪子〉，從那時候起，他用了筆名「賈平凹」，告別了「賈平娃」。「賈平凹」成了他的本名，一個越叫越響的名字。

從此，他不再是那個土著知青、道道地地的農民賈平凹了，也沒人再叫他「平娃」，他從農民變成了作家，成了城市人。

人們都說那個「凹」取得實在是太絕妙了，不知他是怎麼苦心孤詣地想出來的，無論字形和意義，「賈平凹」三個字放在一起總是令人產生諸多哲學上的聯想，還有人生境況的聯想。

他認作費秉動是他的恩師，從此再未改變。

第二節　「鬼才」之說

在我們這個發生在一九九〇年的故事裡的賈平凹，當時已經是一個很有名氣的作家了，他已經寫了很多書，出版的都已達上百種了，他寫短篇小說，寫中篇小說，寫長篇小說，還寫散文。他的書已經發行到了海外。

而在臺灣，有一位女作家，拚命地讀著大陸作家的書，她一本本地讀，讀了十幾本之後，她看到了賈平凹的名字，長出了一口氣，她長嘯起來。她對自己說，對了，是一位大師，一顆巨星的誕生就是如此，我沒有看走眼。她還說，在當代中國作家中，與賈平凹的文筆最有感應，一天四五個小時地讀，到最後，讀成了某種孤寂。

這個女作家就是三毛。賈平凹的作品進入了三毛的視野裡，賈平凹那時卻不知道。

第二節　「鬼才」之說

在大陸，賈平凹被看作是一個追求「有自己聲音」的作家，是當代文壇的奇才。他的好朋友、鄉黨——作家孫見喜出版了好幾本他的傳記，最有名的當屬《鬼才賈平凹》——他被認為是「鬼才」。

一九七八年他的小說《滿月兒》獲得了全國短篇小說獎，那一年，他才二十六歲，他去北京領獎的時候，是和當時的大作家王蒙站在一起的。

一九八八年的時候，他的長篇小說《浮躁》獲得美國美孚飛馬文學獎。

除了「鬼才」這個稱號，他還有「文壇獨行俠」和「文壇勞模」的稱號。「文壇勞模」是後來才有的，因為他後來小說越寫越多，不算短篇中篇還有散文，幾乎就是兩年一部長篇，長篇小說到二〇一九年已達十七部了。

但在一九九〇年的時候，文壇上說他是「鬼才」的比較多一點。

就文學創作而言，「鬼才」主要是指他的出眾才華和他作品裡充盈的「鬼」氣；「俠客」則指他形成了獨特的派別和風格，和別人不一樣的風格；「勞模」則指他具有堅持不懈的創作精神。我是不太喜歡「勞模」這個詞的。我更願意承認他確實是「鬼才」，是「俠客」。

第三章

孫見喜說，一九八〇年代，賈平凹和汪曾祺一起到江南採風的時候，汪曾祺戲說賈平凹是「鬼才」，孫見喜聽到了，覺得這一說法挺能概括賈平凹的特點，後來他寫賈平凹的傳記，就用了這個名稱作書名。孫見喜那本叫做《鬼才賈平凹》的書，在當時非常轟動。從此，「鬼才」賈平凹便在文學圈子裡叫開了，成為賈平凹的一個符號。

而賈平凹的家鄉人卻另有說法，他們說，小時候賈平凹家裡的經濟十分貧困，他便跑到黃坡下的墳地裡去撿死人時掛的紙條，回來釘成細長的本子。一到清明節，可以釘十幾個，足夠寫很長時間。故謂「鬼才」。

他的恩師費秉勳形容他，說他身上有兩個東西，一個是「詭道」，也就是說，他的寫作常常出其不意，行文和做事都不能用普通和常人之理來評價。他像是一個怪人，令人感到不可思議。恩師概括他的創作特點是「多轉移，多成效」，他的寫作絕不遵循一種模式寫下去，他有意地和主流文學敘事拉開距離。

他的文學創作就一直處在不斷探索之中，也算是冒險之中，這種求新求變的探索精神使他成為一個辨識度極高的大陸作家，從而使得來自海峽另一岸的作家三毛從一堆大陸作家裡發現了他。

三毛肯定是首先是發現了他作品裡「鬼」氣吧！他的「鬼」和他的「鬼魅」之風，是

第二節　「鬼才」之說

很合乎三毛的口味的。

三毛是一個信神的人，她在《撒哈拉的故事》裡寫到她戴了符咒就中了邪。她還喜歡研究星象，她說過，冬天的時候，她喜歡把獵戶星、大犬星、小犬星、雙子星座、天牛星座、北斗七星畫出來；她還說，隨便摘一朵去看一看，會發現這就是一個神蹟；她說，只要用點心，看天地的一切，看動物、母親，都是神蹟，雖不能說，沒法回答，但相信，因為看到了。

而賈平凹呢？他的家鄉商洛山地寺廟廣布，來自民間的鬼神文化一直都很盛行。他從小便被灌輸一種認知，神是被敬奉的鬼，鬼是被驅趕的神，神鬼是人意識世界的產物。尊重與敬奉神鬼是他自兒時便耳濡目染、親歷親見的。等到他開始寫作的時候，那些早已滲透到他精神世界中的人、鬼、神、獸的概念，自然而然地便在他的文字世界中並行存在，從而滋生出神奇鬼魅的文學藝術想像。可以說，「鬼魅」是這個作家重要的文學審美特質，這位不一樣的作家借助「鬼魅」之風，提升了文學的審美境界。

「鬼才」這一獨特標籤，最終成為了這個作家的專用。

正如莫言的高密鄉、福克納的郵票大小的家鄉、馬奎斯的馬貢多小鎮是他們寫作的根據地一樣，賈平凹的家鄉商州，也成為那一時期他進行文學創作的一個「血地」，或

第三章

者叫做「根據地」。當他尋找到文學創作的根據地，並在這根據地上用筆深耕，創作出累累碩果，形成獨一無二的商州文學世界的時候，伴隨著「鬼才」的稱號，「文壇獨行俠」的帽子人們也順手甩給了他。他既「鬼」，又獨行。

他獨自行走在文學的曠野裡，孤魂野鬼一般，發出淒厲的、驚悚的叫聲。他以「獨行」者的魅力，使文學創作具備了不一樣的風格——他的來自商州的「鬼魅」之風。

三毛把賈平凹看作是心目中的大師，自然也想見到大師的真容。三毛計劃著要見賈平凹，四月分在西安停留的時候就準備好了，誰知，陰差陽錯沒有見成。

第四章

第一節　西湖之約

一九九〇年十月，在杭州，花家山賓館，一座氣派的講座廳裡，早已是座無虛席，音樂已經響了很久，是三毛的那首著名歌曲。

不要問我從哪裡來
我的故鄉在遠方
為什麼流浪
流浪遠方
流浪
為了天空飛翔的小鳥

第四章

為了山間輕流的小溪
為了寬闊的草原
流浪遠方
流浪

此刻，晚上七點半。外頭是傾盆大雨。一位叫陸達誠的神父陪著主講人三毛女士。神父在前頭領路。

神父嘴裡連聲嚷著：「對不起，請讓路！請讓路！」

三毛依然長髮披肩，黑色的套頭毛衣下是件米色長裙，臉上有著淡淡的妝，素淨中更透著幾分靈秀。看到講堂中擁擠的情況，三毛緊張了。

三毛說：「我要不要帶手帕上臺？這麼多人，這麼多人，我怕我自己會先『下雨』。」四周人笑了。

三毛走上了講臺，她用一貫低低柔緩的聲調說道：「沒想到我在杭州有這麼多的朋友，尤其今晚外頭的雨這麼大。下雨天看到這麼多朋友真好！」

她接著說道：「各位朋友，很抱歉今天晚了一刻鐘才開始，剛剛我一直在等陸神父來帶我。最近我的日子過得很糊塗，一直記不清是哪一天要演講，直到前天有位大陸朋友打電話給我說，我們後天在花家山賓館見。我嚇了一跳，不過，我那時想，沒關係，大概只有二十個人。可以隨便說說，可是沒想到我在大陸也有這麼多的朋友。……今天又在下雨，我不知道這是不是杭州的雨季？杭州有沒有雨季？可是我在杭州的幾天裡，發覺這裡總是在下雨。我以為今天不會有那麼多朋友來，看見你們，我很怕，一直想逃走。」

說到這裡，下面響起了掌聲。

三毛稍頓了一下，又說：「我從撒哈拉沙漠剛回臺灣時，收到一位高中女生的來信，我記不得她的名字了，這位讀者說她在國三的時候，因為升學壓力太重而想自殺，在那個時候，她看了我的書，因而有了改變，我不知道她有什麼改變，可是她一直說是我的書救了她。我覺得這個孩子有點『笨』，因為，任何一本我的書都救不了妳，只有自己可以救自己，別人不能救妳的。」

聽到這裡，臺下的聽眾都顯出凝重的表情，場內一片安靜。

三毛說：「我從未立志當作家，倒曾下過決心要當畫家的，今天的講題是『我的寫作生活』，我實在只是一個家庭主婦，不知從什麼時候開始，別人把我當作家看，這種改變使我很不習慣，而且覺得當不起。作家應該是很有學問或是很有才華的人，我呢，做了六年的家庭主婦，不曾是專業作家，以後也不會是。」

三毛這樣的演講已經好多次，但每次一提到她和荷西一起生活的六年，她都忍不住地落淚。

她說：「我的青少年時代出了一本書《雨季不再來》，這本書是被強迫出版的，因為如果我不出書，別人也可以把那些文章輯成一個集子出書，而我連版稅都拿不到。其實那些東西都很不成熟，都不應該發表，是我在二十二歲以前發表的文章，文字非常生澀，感情非常空靈，我不喜歡『空靈』這兩個字，但那是那個時期我寫時所不能偽裝的一些感情，這是我的第一本書。」

好，接下來，聽眾們要傾聽三毛關於自己的寫作生涯了。也請允許我在這裡把她的演講基本無刪節地擺在這裡。因為三毛的寫作跟她的生活有很大的關聯，她和西班牙潛水工程師的愛情，幾乎是一個美麗的神話故事，而且她的文采那麼的好，情感那麼的真，她那麼坦誠，一點也不虛偽，包括她後面回答聽眾的提問，她把一顆滾燙的心老老實實地捧了出來。

三毛說，她的寫作生活，就是她的愛情生活；她的人生觀，就是她的愛情觀；寫作在她生活中是最不重要的一部分，它是蛋糕上面的櫻桃；她的作品幾乎全是傳記文學式的。不真實的事情，她寫不來；婚姻是世界上最好的事情之一；她的寫作生活，如果不是她的丈夫荷西給她自由，給她愛和信心，那麼一本書都寫不出來；以她體驗的生活，她去過很多國家，去過很多奇奇怪怪的國家，非洲、歐洲、南美，看過不同的人，吃過不同的食物，學過不同的語言，這都不是人生的幸福——因為從今以後沒有人等她了，她慢慢地走和快快地走是一樣的。

她說得多好呀，這麼一個通透生命的展現，我不如就原汁原味地端上來，大家慢慢品嘗思索吧！

以下就是三毛的演講，我不再插話。

有一天，我坐在沙漠的家裡，發覺我又可以寫作了。所以，我覺得等待並不是一件壞事情，不要太急。現在又有朋友在問我：三毛，妳又不寫了，要多久才會再寫呢？我說：你別急，等我。他說：要等多久呢？我說：大概要另外一個十年。他一聽，馬上說：那不是等死了嗎？我說：這究竟不是在我們自己的手裡，如果硬逼著我寫，反而寫不好，而十年以後，我也許又以另一個面目出現了。

我認為寫作不是人生最大的幸福。有人問我：妳可知道妳在臺灣是很有名的人嗎？

第四章

我說不知道，因為我一直是在國外。他又問：妳在乎名嗎？我回答說：好像不痛也不癢，沒有感覺。他就又問我：妳的書暢銷，妳幸福嗎？我說：我沒有幸福也沒有不幸福，這些都是不相干的事。又有人問我：寫作在妳的生活裡是很重要的一部分嗎？我說：它是最不重要的一部分。

生活比寫作重要。我重視生活，遠甚寫作，也許，各位會認為寫作是人生的一種成就，我很真誠地說一句：人生有太多值得追求的事了，固然寫出一本好書也可以留給後世很多好的影響。至於我自己的書呢，那還要經過多少年的考驗。我的文字很淺，小學四年級的孩子就可以看，一直看到老先生，可是這並不代表文學上的價值，這絕對是兩回事。

我從來沒有立志要當作家。小時候，父母會問，師長會問，或者自己也會問自己：長大了要做什麼？我說就要做一個偉大藝術家的太太。

「有沒有對象呢？」他們會問。

我說：「有的。」

「是誰呢？」

「就是那個西班牙畫家畢卡索！」

因為小時候，我很喜歡美術。以後，寫作文的時候，我總說要做一個偉大藝術家的妻子，並沒有說自己要成為藝術家。我的功課不行，數學考零分，唯一能做得好的只有國文，班上同學大約有十個人的作文是我「捉刀」的。小時候，數學成績很不好，常常考零分，有一次考得最高分是五分，我都不知道是怎麼搞的，應該也是零分才對。我的作文好，小學五年級時參加演講的演講稿是自己寫的，每次壁報上一定有我的作品，我的家庭很幸福，可是有一次，我把老師感動得流淚了，因為我告訴他我是孤兒，還寫了大約有五千字的〈苦兒流浪記〉。

進了國中以後，班上同學大約有十個人的作文是我寫的。因為他們寫不出來，我就說拿來拿來，我幫你寫。後來，又學寫唐詩，在作文本上寫了十幾首。我發覺自己雖然別的事做不好，但還可以動筆，這是一條投機取巧的路。

婚姻是世界上最好的事情之一，對男孩女孩都一樣。我發現今天在座的，女孩子比男孩子多，以我個人的經驗，我願意告訴各位朋友，尤其是女孩子——婚姻是人生最幸福的事。不要怕，如果各位有很多未婚的朋友的話，跳開寫作的題材不談，我很誠懇地說，人生最大的幸福——對男孩女孩都一樣，可是因為我是女孩子，我不知道男孩子的心理——婚姻是人生最美的事情之一。以我體驗的生活，我去過很多國家，去過很多奇奇怪怪的國家，看過不同的人，吃過不同的食物，學過不同的語言，這都不是人生的幸福。我始終強調婚姻的幸福和愛，我的文章挑不出一些一般人認為有深度的人性矛盾的地方，我的文章比較少，也許好的文學對人性的描寫比較深刻，但是，我長大後，不喜歡說謊，記錄的東西都是真實的，而我真實生活裡，接觸的都是愛，我就不知道還要寫什麼恨的事或矛盾的事，或者複雜的感情，因為我都沒有。

過去我是一個很複雜的人，到了三十一、二歲的時候，我開始變得越來越單純，甚至於剛回臺北的時候，看到汽車還會怕，聽見電話鈴響會不習慣，因為結婚以後六年間，我們家都沒裝過電話。後來可以裝電話了，我和我先生想了一下，他說：「我們還是不要吧！」我說：「好，我們不要電話。」

所以請我來談談我的寫作生活的話，對於一些真正熱愛寫作的朋友，可能得不到什麼，但是我有信心，我相信有很多朋友，在愛情上有疑惑，或者有恐懼的話，以我自己的經驗，我還是告訴各位——婚姻是一件值得一試的事。

我很羨慕一些會編故事的作家，我有很多朋友，他們很會編故事，他們可以編出很多感人的故事來，你問他：「這是真的還是假的？」他說是真真假假摻在一起的，那麼我認為這也是一種創作的方向，但是我的文章幾乎全是傳記文學式的，就是發表的東西一定不是假的。如果有一天你們不知道我到世界哪一個角落去了，是因為我又要走了。你們在沒有看到我發表文章的時候，也許你們會說：「三毛不肯寫，因為她不肯寫假話。她要寫的時候，寫的就是真話。當她的真話不想給你知道的時候，她就不寫。」

我是個好家庭主婦，與荷西在一起的六年是上天給我的恩賜，一定有人奇怪，為什麼我離開臺灣十年，沒有寫過文章，結婚以後反而寫文章？別人都說作家如果是家庭主婦就不能寫文章，否則柴、米、油、鹽弄不清楚。我是個家庭主婦，非常管家，因為喜歡家。我認為神給了我六年了不起的日子，我相信我的丈夫來到我的生命裡，他是負有很重要的任務、使命，他不知道，我也不知道。六年來，他帶我去這裡，去那裡，去撒哈拉沙漠，他讓我做一個自由的妻子，從來沒有干涉過我，讓我的個性自由發展，雖然他不了解我的文章，可是他跟每個人說：「我的太太是作家。」大家都不太相信，他不懂中文，卻非常驕傲這點。出了一本書叫《溫柔的夜》，以後就沒有再寫，朋友問我：「三毛怎麼不寫了呢？」我就不知道怎麼回答這些愛護我的朋友的來信，其實我幾乎有一年時間，就是最後……我現在說話有一個壞習慣，會說「這是最後一年」，所謂「最後一年」就是我先生在世的最後一年。

第四章

平常我寫稿的習慣是晚上寫，白天睡覺。在最後一年的時候，我突然發覺我寫稿時，我先生是早上睡覺，而他應該早上六點鐘起來，所以晚上十一點時，我跟他說：「荷西，你去睡覺，我要開始寫稿了，因為我實在欠人太多，沒辦法，你去睡覺。」他就把我的茶放好去睡，我就不管他開始抽菸、喝茶，把自己放到文章裡去。

為了荷西睡不著覺，我又停筆了，最後一篇文章寫的是〈永遠的馬利亞〉，記得寫了將近四天，而且寫得不好，寫到早上六點鐘的時候，偷偷溜進臥室睡覺，我小心地走進去，怕吵醒荷西，結果發現他拿被單蒙在頭上，我一進去，他就「哇！」的一聲跳起來了，大叫一聲：「妳終於寫完了！」

我就問他：「你沒有睡？」他說：「我不敢講，因為房子太小了，我也不敢動，我就把被單蒙著頭，看妳幾點鐘會進來嘛！結果妳終於寫完了。」

我問他這種情形有多久了？

他說：「不是持續了多久，從妳跟我結婚以後開始寫文章，我就不能睡覺。」我說：「你知道我在外面，為什麼不能睡？」我罵他，因為我心疼。我說：「你為什麼不睡覺？」他說：「我不曉得，我不能睡。」我說：「那我就不能寫文章了啊！」

他說：「妳可以寫。」於是我說我下午寫，他說好，陪我寫，我說可是晚上還要寫，他說好。於是我每寫一個鐘頭就回頭看他，他翻來覆去地不能睡，後來我問他為什麼，他說：「妳忘了嗎？因為這麼多年來，我睡覺的時候一定要拉著妳的手。」我聽了之後一陣黯然，簡單地說：「荷西，那麼我從今以後停筆了。」從那時候開始有十個月，我真的沒寫，別人問我，我說先生不能睡覺，他們覺得好笑說：「他不能睡別理他就好了！」我說：「他的工作有危險性的，我希望他睡得好。」後來我的父母來問為什麼十個月沒寫文章，我說：「荷西不能睡覺。」父親問為什麼荷西不能睡覺？我說：「我不能告訴你，反正他不能睡覺。」他們又追問，後來我說了，因為我們是很開明的家庭。我說：「六年來，他不論如何睡，一翻身第一件事一定是找我的手，然後再呼呼大睡。」

所以，荷西和我的生活如果繼續下去，可能過些年以後三毛也就消失了，我也跟我的母親說：「對一個沒念什麼書的人，五本書太多了，我不寫了。」

我母親問為什麼？

我說：「我的生活非常幸福，如果我的寫作妨礙我的生活，我願意放棄我的寫作。」母親說這是不相衝突的兩件事情，但是我還是沒有寫，直到荷西離開這個世界。

講到這裡，三毛已是泣不成聲。她用面紙擦了下眼淚，有個美女上臺在她茶杯裡倒了點水，她輕啜了一口。眼睛紅腫著。

接下來的口氣和剛才不一樣了，是一種無限悲傷的語調，她說：「今年四月，我從西安到了新疆，見到了大陸的民歌歌王王洛賓。王洛賓對我說，尋找對象，對方的名字關係很大。妳知道維吾爾語言發音中『荷西』是什麼意思嗎？妳知道維吾爾人在告別時，雙方都互相說著『荷西』，這『荷西』是再見的意思，也許『荷西』因此提早離妳而去……」

三毛的淚又流了下來：「我真的『下雨了』……認識荷西的時候，他不到十八歲……」

這時，主持人走上了講臺，悄悄和三毛說了幾句話，然後對著臺下的觀眾說：「下面，三毛女士非常願意留點時間，給愛護她的朋友發問。三毛女士說，這是她回大陸以後第一次面對這麼多的朋友，她的心裡有感謝有感動，也有慌張害怕。但是她很高興朋友們給她提問，就像談話一樣進行一番交流。現在還有二十分鐘的時間。」

下面是會場上的問答——

問：三毛女士，妳以後準備住哪裡？是大陸還是臺灣？

答：以後住哪裡，我說不上來。我覺得人的路當然要靠自己的腳走，可是我們上面還有一位神，祂默默地在帶領你，可是你不曉得。我本來在一座小島上住著，那個加納利群島只有兩萬人，八百多平方公里，我父親、母親去了以後驚嘆：「桃花源原來就在這個地方。」我以為自己會在那裡住下去，結果還是離開了。

但是，我想我以後會常回大陸。因為大陸是我的故鄉，我老家在浙江舟山，我去年回去，祭奠了我的爺爺。我從爺爺的墳頭取走了一抔土，舀了門前河裡的一瓢水，把土和水都帶到了臺北。有朋友問我要到哪裡去，我說要到這裡、那裡，因為從今以後沒有人等我了，所以將來住哪裡，我真的不知道。問這題目的朋友，如果你知道去哪裡好，請告訴我。

問：流浪是很孤獨的，妳如何排除妳生活上的孤寂？

答：我聽過一首流行歌曲唱：「我背著我的吉他去流浪，帶朵什麼花。」我很恨這種歌，那是沒流浪過的人才寫得出來的。覺得流浪是件浪漫的事情，這樣的人不必去流浪，因為他流浪的話，一定半路就回來的。我流浪，絕不是追求浪漫，說到我流浪的心情，我個人的經歷是被迫的。當然我去了很多國家遊歷，但是說實在話，我從離開家以後就沒快樂過，這話說得很不勇敢，可是我離開家後真的不快樂，一直到我建立了自己的家。所以，怎麼使流浪者快樂是很難的事情。在這個問題上我沒有答案。很奇怪，我發覺前一個問題和這個問題，我都沒有答案。

問：妳與荷西在沙漠裡找化石，結果荷西掉到流沙裡去，妳當時的心情如何？

答：這篇文章叫做〈荒山之夜〉。是的，荷西那次快要死了，遭遇困難的時候也不知道自己的心情。我記得我再開車回來找荷西的時候，發現流沙不見了，因為找錯了地方。我第一個反應是：「他已經死了。」我怕得不得了，怕得發抖。

問：〈橄欖樹〉這首歌是在什麼心情下寫的？

答：〈橄欖樹〉是在九年前寫的一首歌。因為我很愛橄欖樹，橄欖樹美。我的丈夫荷西的故里在西班牙南部，最有名的就是產橄欖。

問：妳說妳小時候喜歡編故事，長大以後寫的卻是真實故事，其中的心路歷程轉變又是如何？

答：很簡單，因為小孩子的時候，放學的那條路是一樣的，大家穿的那雙白球鞋也是一樣的，制服也一樣，都繡了學號，所以當孩子的時候非得想像不可，因為生活非常平淡。雖然我們那時走田埂上學很好玩，但還是很單純，所以我喜歡編故事。可是長大以後，我來不及編故事了，因為自己遭遇到的事情有很多值得寫的，我想應該先把自己真實的故事寫完再來編，但是我一直寫不完，所以我就不編了。

問：妳在沙漠裡寫一則故事〈死果〉，妳戴了符咒中了邪，有何感受？

答：天地間有很多神祕的感情不能單單用科學來解釋，我自己遭遇到很多科學無法解釋的事情。我寫〈死果〉，描述在沙漠裡撿到符咒，掛在身上發生很多奇怪的事。至於說到沙漠裡碰到這種邪門的事，我認為這是我們不可說的，我也不能解釋，在這件事上我只是把我的經歷寫出來，我沒有責任去解釋，更何況在我們中國的古老社會裡，就有這樣的事。

問：妳說妳不知道將來的事，請問妳是不是宿命論者？

答：我是不是宿命論者？我想路是自己跨出去的，你不能坐在屋子裡說自己是宿命論者。我不是完全的宿命論者，但是我相信我們在世界上有個人的年限，這點我是不否認的；但是要遭遇到什麼事情，這跟個性有很大的關係，有一點是先天，有一點是後天的。所以我不知道我將來的路，因為我有很多想法，都不能實現，我不知道未來，我把將來交在冥冥中主宰者的手裡，一點也不急，就等著它告訴我應走的路。

問：妳初到西班牙是抱持什麼心情？找尋什麼？動機何在？可不可以說是妳一生的

轉捩點？

答：去西班牙這個國家不是轉捩點，離開家庭才是我的轉捩點，這不是我跟家庭有不好的關係才離開，我很愛他們。

但是你看那些動物長大的時候，做母親的要把牠們踢出去。看紀錄片，小熊長大，母熊一定把牠趕出去，而我母親卻一直把我擺在她的身邊。我下定決心離開臺灣，不是我要到國外追求什麼，或是崇洋，絕對不是，我是最喜歡中國文化的，因為裡面包含太廣、太神祕了。我離開只是想建立自己。去西班牙、去美國或者去英國都不是轉捩點，而是我離開了父母才是轉捩點。

問：我想寫信給妳，信要寫到何處，妳才收得到？

答：我想人有一種很重要的天賦就是「心靈感應」，真的。

我這次回來收到很多的信，沒有回，覺得很抱歉，但是我還是要強調一點，人跟人之間「知心」最重要，信能寫的實在太有限。寫到哪裡？寫在你的心裡嘛！我會知道的，不要寫出來了，你在心裡想我，唸十遍我就曉得了。所以我說不要寫信，彼此心裡知道就好，我記得各位，各位也記得我，我不知道我要到哪裡去，我要走訪很多地方。謝謝！

第一節　西湖之約

問：如果在這世上再有一個很愛妳的人，指的是婚姻關係，妳會不會答應？

答：我有一個很愛的人在我心裡，叫荷西。這問題不能說，不可說，不知道。我想百分之九十九點九是「不」，因為我已經有了。

問：妳想荷西願意妳繼續流浪，還是另找一個歸宿？

答：這是很私人的問題，我想荷西最主要是希望我幸福，用哪一種形式都不重要，在哪裡也不重要，是流浪好，還是另外找一個人叫他荷西？我不是刻意流浪，而是我不知道我要到哪裡去，我現在住我父母的家，我覺得那不是我的家。我來大陸的時候，父親硬塞錢讓我坐車，我覺得這情形不可以，不可以這樣下去，我覺得我這樣又要依賴我的父母。我不是刻意流浪，我要經過很多地方，是因為機票錢差不多。我不願意流浪，我希望有一天我能夠以另外一種形式的生活安定下來。

問：妳是一位有愛的人，妳相不相信有冷酷無情的人？

答：世界上有各式各樣的人，我也碰過冷酷無情的人，當然相信的。

問：如果妳的人生觀是「游於藝」，只是玩，那麼妳認為議論婚姻問題的時候，是否應考慮到年齡、經濟、生活方式等現實問題，還是有愛就可以了？

答：我想我的對象是比較單純的人，因為荷西就是一個大孩子，我在那裡學到最好的功課就是在他面前做一個完全的真人。這絕不是說我任性，而是我有一個好丈夫，他一直跟我說，我要妳做一個真的人，我不要妳做一個假的人。實話實說，我結婚時，只有一張床墊子放在地上，鋪塊草席，還有四個盤子、四個碗、一個鍋，也沒有穿白紗，沒有花，只有一把芹菜綁在頭上，還是走路去結婚的，可是我要告訴各位，我是世界上最快樂的新娘。

我的結婚禮物是個駱駝的頭骨，不是古玩店買來的，是撿來的。所以我認為婚姻的條件——當然不能說餓得沒有飯吃——有些女孩覺得有錢，生活比較有保障，這是對的，但我是沒有。是不是只要愛就可以了？我想愛和金錢並不相同。

問：妳能舉個例子嗎？關於妳說的心靈感應。

答：在我要陪父母到倫敦及歐洲旅遊時，荷西到機場來送行。上飛機前，我站在機肚那裡看荷西，就在那時，荷西正跳過一個花叢，希望能從那裡再看到我們，上了飛機，我又不停地向他招手，他也不停地向我招手，直到服務小姐示意我該坐下了。坐下後，旁邊有位太太就問我：「那個人是妳的丈夫嗎？」我說：「是的。」她就遞給我一張名片，西班牙有一個風俗，如果妳是守寡的女人，妳就要在自己名片的名字後面，加

第一節　西湖之約

上一句「某某人的未亡人」，而那名片上正有那幾個字，使我感到很刺眼，很不舒服。沒想到就在收到那張名片的兩天後，我自己也成了那樣的身分……

說到這裡，三毛的聲音哽咽，她在臺上站了很久，再也說不出一句話來，演講中斷。

演講結束，記者紛紛湧上臺來。他們把三毛裡三層外三層地包圍著，三毛幾乎要站立不穩了。陸達誠神父和主持人在一旁喊著：大家不要亂，不要亂，讓三毛女士休息一下、休息一下。

但是沒有人理會他們的勸告。人們對三毛的熱情真的是空前的，像大海的潮水，像夏天的太陽。三毛那個時候在大陸的影響幾乎沒有第二個人可比。熱愛文學的年輕人，特別是女性讀者，簡直像是初戀一般瘋狂地愛著三毛，愛著她的書。她這麼稀奇地到大陸來了，多想和她握一下手，多想讓她在書上簽一個名，多想和她一起照張相、留個影，留下最動人最美妙最激動的歷史性的一刻。

一個記者說：「三毛老師，我想和妳合個影。『每想你一次，天上飄落一粒沙，從此形成了撒哈拉。』我好喜歡妳的句子。」

眾記者：「對，三毛老師，我們都要和妳合影。」

第四章

三毛頭上出汗了，這陣勢，真的把她嚇住了，她有些緊張，有些不知所措，有些慌亂，但她依然露出微笑，停住腳步，與記者們合照。她的樣子乖乖的，像個聽話的孩子。有人拉她單獨合照，她也極其配合。站立，微笑，閃光燈閃了又閃。還有我，還有我，她不知道和多少人拍了合照，也不知道閃光燈閃了多少下。正如她所說，讀者是她的衣食父母，因為讀者愛著她，讀她的書，她才能好好生活，有勇氣地生活。她感謝著她們，所以盡可能地滿足他們，配合他們。

人太多了，她真的有點力不從心了。陸達誠神父和主辦方的人終於從人群中把三毛「搶救」了出來。他們從講臺的一側小門就要出去。只要她走進那扇小門，聽眾和記者們就再也別想和她照相了，也得不到她的簽名了。

聽眾們意識到了，他們大聲地喊著：「退票，退票！」

三毛聽到了這齊整整的喊聲，她停了下來，小聲地和主辦方說了幾句話，然後又站在臺上，替手裡高舉著她的書的聽眾簽了名。那些高喊著退票的人，得了簽名，激動地擠出了人群。

可是記者們還是覺得不過癮，又紛紛上前遞名片給三毛。

「三毛女士，我是某某雜誌的，我希望能夠單獨採訪您。」三毛匆忙中接過名片，顧不上回答。

這時，有一位特殊的記者出現了。他是我們陝西的記者，因為他的出現，三毛，這個風格特異的臺灣女作家和另一位大陸的作家產生了交集，成就了一段生死之交，成就了一個哀傷而又傳奇的故事。

這個大陸的作家，有一個很怪的名字，名字裡有一個字，很多人都讀錯了，三毛也是不會讀的。問了別人才知道正確的讀法。

好，我們還是回到杭州的花家山賓館，回到三毛剛剛演講的現場，看我們陝西的那位記者是怎麼和三毛搭上話的。

這位記者名喚孫聰，他是陝西人民廣播電臺的記者。孫聰，名如其人，的確很聰明，很敏銳，很機靈，他以一個記者的職業敏感意識到這是一個難得的採訪三毛的機會，不能白白地讓機會失之交臂。於是，他從眾人身邊繞過去，迂迴到三毛的背後，終於把手中的名片遞給了三毛。

他一邊遞一邊高喊著：「三毛女士，我是來自陝西的記者，西安的記者。非常幸運能在這裡見到您，我是意外地見到您，我多不容易呀！」

第四章

「西安」，這兩個字一定是重重撞擊了三毛的耳膜，她把頭轉向了孫聰，認真地接過了孫聰遞過來的名片。她問孫聰：「你真的是西安來的嗎？」

孫聰趕緊說：「是的，三毛老師，我是陝西的，是西安的，我是陝西廣播電臺的記者。」

三毛把目光停留在孫聰臉上：「你是西安的，古城西安？」她又問了一遍。

孫聰點點，肯定地說：「是的，我是古城西安的。」

三毛說：「西安？賈平凹的西安，你認識賈平凹嗎？」

孫聰反問三毛：「妳知道賈平凹？」

三毛說：「我很崇拜他。」不等孫聰回應，她緊接著說，「我想和你談談賈平凹，可以嗎？」

當孫聰得知三毛知道賈平凹大名的時候，既高興又自豪。說實話，幾乎沒有一個陝西籍的人不為賈平凹這個「鬼才」作家是陝西出產的而自豪，特別是在外面。比如在火車上，兩個不相識的人談起陝西談起西安，一個便會說，你們陝西厲害呀！怎麼厲害了？你們那裡有個賈平凹呀！是呀，賈平凹是我們西安的，他在方新村住的時候我見過他好多次云云。孫聰當然也不例外，賈平凹是陝西的一張名片，這個連三毛也知道了，立刻覺得臉上有了光彩。

現在，三毛主動問起了賈平凹，孫聰於是馬上說：「可以的，可以的，三毛老師，我聽您的吩咐。」

三毛說：「那好，明天下午三點，請您到西湖的蘇堤邊來找我，我要在那裡聽雨。」

第二節　西湖聽雨軒

美麗的西湖邊，孫聰為三毛呈上一個土陶做的塤。

三毛接過塤，仔細地把玩著：「好漂亮，你怎麼知道我喜歡塤呢？」她指了指木椅，請孫聰坐下來。

孫聰說：「三毛老師，有篇報導說您在西安城牆下聽到一種樂器的聲音，像是從地底下發出來的，是大地的嗚咽，怒風的悲嘆。那聲音您一直沒忘掉，後來您了解那是一種樂器的聲音。這種樂器就是塤。您一直在尋找的樂器。西安半坡遺址出土過，有六千年的歷史呢！」

三毛輕輕呷了一口西湖龍井茶，一隻手繼續把玩著塤，說：「古老的樂器，古老的城。今年四月，我在那裡逗留不到一天，但卻印象深刻。我恐怕此生無法忘掉西安了，只遺憾好多地方我還沒來得及看。西安的人也很好，就像他的城一樣大大方方、寬寬厚厚的；而且我還認識了一個小夥子，是像你一樣的高鼻梁、瘦長臉，性格很可愛，也很帥噢！也像你一樣。」

孫聰有點羞怯地說：「三毛老師，您這麼會抓特徵。說到陝西，有句話不知道您聽說過沒有？」

「哪句話呢？」三毛問。

孫聰說：「南方才子北方將，關中黃土埋皇上，陝西愣娃排兩行。」

三毛笑了。此刻她和孫聰的談話顯得很輕鬆，她喜歡年輕單純的小夥子。

三毛說：「這話聽起來滿有意思的。對了，對了，我能先說一說嘛？我要是說的不對，你再糾正我，可以嗎？」

「好的，三毛老師。」孫聰恭敬地說。

第二節　西湖聽雨軒

三毛說：「『南方才子北方將』是說南方出才子而北方多出將，對嗎？還有西安周邊帝王陵墓很多，特別是漢唐的皇陵，所以關中黃土埋皇上，這個你難不倒我。兵馬俑我倒是去了，可是帝王的陵墓我沒有看。……愣娃是什麼意思呢？陝西到處是愣娃。『愣娃』怎麼理解？我還真說不好。你來解釋吧！」

孫聰說：「就是說我們陝西人的性格比較剛硬、倔強。還有人用四個字來概括，就是生、冷、蹭、倔。『愣』有時候也說成是冷。冷面孔，愣性子。所以叫『愣娃』。」

三毛大笑道：「這個『愣』好形象、好準確，也好幽默呀！我在賈平凹的書裡就看過許多這樣的詞，有的就只有一個字，卻很豐富，很有意思。」

孫聰也笑了。他在三毛的感染下，放鬆了下來。三毛已為他準備好了茶盅，他端起精美的小茶盅開始大膽地喝茶。

龍井茶的味道的確是不一般，有種溫潤，有種濃香，孫聰全部倒了嘴裡。

三毛看著他率直的樣子，又笑了，她說：「像牛一樣倔強的愣娃。我這樣比喻對嗎？」

孫聰說：「對，您用牛來比喻愣娃，太恰當了。」

「大陸很好，很吸引我。我在街上走的時候，有很多人跟著我，我就說，你們走嘛，你們走嘛，可是他們就是不聽，就是一路跟著你。」

「那是大家喜歡妳，崇拜妳，如果我在街上看到妳，也會一路跟著妳。」孫聰說。

「趕也趕不走嗎？」三毛又笑了。

孫聰說：「是的，三毛肯定是趕也趕不走的。」

三毛說：「大陸好，大陸的讀者最好了。」

「三毛老師，您生在大陸，四歲的時候隨家人到了臺灣，是真的嗎？」

「是的，四十多年了，那時候我還沒有記憶。」

「我在您的書裡看到您在撒哈拉生活的時候，其實是很艱難的，可是您卻一直沒有怕過。您真是勇敢的人。」

「我想到哪裡去的時候就一定會去。這是我的長處，也是我的短處。我會讓不能適應我的人很痛苦的。」

孫聰說：「荷西那個西班牙小夥，他也願意陪妳到撒哈拉，你們在撒哈拉生活的場景太迷人了，太傳奇了。」

說到荷西，三毛的臉色又沉了下來，三毛點起菸，欲言又止。

孫聰發覺了三毛的神色，趕緊又轉換了話題。本來，這一場談話和會見是三毛邀請的，她有事想向孫聰打聽，但遲遲沒有開口，孫聰也不知道該說什麼好，只是就他自己對三毛感興趣的問題去提問。

「現在呢，您喜歡大陸嗎？您會在大陸定居嗎？」孫聰說。

三毛說：「我現在還不確定。」

孫聰說：「愛在哪裡，您就會在那裡，對嗎？」

「大陸地方很大，不同地方的人，性情上難免有不同的。我覺得你們陝西人好。」

孫聰說：「怎麼個好法呢？我很想聽聽。」

三毛又點起了菸，慢悠悠地說著。她說：「我這次從蘇州乘船來杭州，船上人很多，就連走道也臨時加了座位，大家要去看船外的風景，必須經過這條走道，有位先生不怕麻煩站起來退到一個地方讓大家過，剛坐下，又來一個，他又站起來，剛坐下，又來一個，他又站起來，就這樣反覆多次。他一點也不厭煩。我看他心腸這麼好，就問他，你是北方人吧？他說是的，我又說你一定是西安人，他說妳怎麼知道的？我說除了

第四章

西安人會對人這樣寬厚，恐怕很少會有這樣的人了。這件事很讓我感動。」

孫聰說：「三毛老師，您對我們西安人的印象這麼好，我也很高興。我們陝西人是很善良的。人家叫我們愣娃，其實也不愣，只不過是做得多、說得少。」

三毛終於把話題引到了正路上。她說：「那，賈平凹也是愣娃嗎？」

這回輪到孫聰笑了。孫聰說：「這個，我不好說，他是大作家，我評價不了。」

三毛也笑了，說：「那我來說好了。在臺灣我看過賈平凹先生的《天狗》和《浮躁》兩本書，他的書用詞造句非常奇怪，我每看一遍都要流淚。」

孫聰說：「是啊，他寫的故事很特別。」

「我想請你幫我個忙，不曉得你能不能答應我？」

三毛用期待的眼光看著孫聰，像是一個急切的等待，她的目光直直的，看得孫聰都不敢和她對視了。

「只要我能辦到的，一定幫忙。」孫聰鼓起勇氣說道。

三毛說：「我想請平凹先生寄些他的書來給我，你可不可以告訴他？」

孫聰還以為是什麼樣的「忙」呢，一聽是這樣的，馬上說：「這我能辦到。」

三毛沉吟了一下又說：「我如果去找平凹，平凹的太太會不會吃醋？」——好，我們在這個地方暫停一下。

我之所以寫了三毛和孫聰的詳細對話，就是想和讀者們一起探討：此時此刻，從新疆回來之後的三毛，對賈平凹產生的到底是一種什麼樣的情愫，難道僅僅是單純喜愛他的作品嗎？

很多研究者都根據三毛這句話，揣測三毛對「鬼才」賈平凹產生了類似對王洛賓的一樣的感情。三毛愛才，愛有才的人，但她在王洛賓那裡明顯受了挫折，所以，她這一回變得膽小了，變得謹慎了。她不敢直言她的情感，只能小心翼翼地試探著。想一想，如果沒有一點點屬於愛情的東西，她怎麼會問「我如果去找平凹，平凹的太太會不會吃醋？」

這不是一句隨便的話，我們自然會從中得出很多的解讀。三毛小心包裹著的那顆受傷的心，不經意間還是露了一點點的縫隙。

孫聰是那麼年輕的一個小夥子，並沒有三毛那樣的複雜經歷——實際上，三毛很不適合與這樣的年輕人談論這個問題。

這個問題或許應當和一個感情上千瘡百孔的女人談談吧！或者是一個心理學專家。

第四章

孫聰沒有就三毛的內心微瀾作應答和深入，他以一個職業記者的角色說：「我想不會吧！臺灣的作家和大陸的作家會面，這一定會是個大新聞的。」

三毛說：「我只要和他一個人見面，和他單獨在一起。他的商州很神祕，我也很想去看看。如果賈平凹能帶我去看商州，那最好不過了。」

孫聰說：「要是您來，我想賈平凹老師一定會樂於陪同的。」

三毛說：「可是，我不會說陝西話。成都話我倒是學會了幾句。」三毛說了一句：「我們擺下龍門陣，好不好嘛？我說得像嗎？」三毛總是時不時地流露出她的天真和孩子氣。

孫聰說：「很像，很標準。」

三毛有些得意了，她說：「我還學會大陸的一個詞，叫『沒事』。這詞很管用，到處都可以用。回答都回答不上來的時候，就說『沒事』，聽不懂的時候，也說『沒事』。可是，我在西安呢，只學了一個字。」

三毛指著自己的鼻子說：「我，唸『俄』，對嗎？」

孫聰說：「對的、對的。」

第二節　西湖聽雨軒

三毛說：「為什麼『我』要讀成『俄』呢？」

孫聽說：「我也不清楚，從我生下來，我媽媽就這樣教我的。」

三毛又笑了，她說：「你說的真有趣。可是，賈平凹，普通話裡唸平凹（ㄠ），但我聽你們唸平凹（ㄨㄚ），這樣是不是很親切？我見了賈平凹，不能唸（ㄠ），是不是要叫平凹（ㄨㄚ）呢？」

孫聽說：「是的，他的名字，本來就是農村娃嘛！」

三毛說：「是呀，用『凹』作名字，是很怪，也很有意思。」

孫聽說：「平凹，就是『平娃』的意思。我們陝西把孩子叫『娃』，大人希望這個娃一生平安——我冒昧問下三毛老師，您的名字……」

「我姓陳，叫陳平。小時候看了一本張樂平先生的《三毛流浪記》，喜歡裡面瘦弱又剛強的三毛，我發表第一篇文章的時候，就用了這個名字。去年，我第一次來大陸就先去上海見了張樂平。他已經近八十歲了，身體還很好。」

孫聽說：「這個名字有出處啊！」

三毛說：「我和你們的賈平凹名字裡面都有一個『平』字呀！」

第四章

孫聽說：「那就更說明您和賈平凹老師是有緣分的啊！」

三毛不再和孫聽交流目光，她把頭轉向了遠處。雷峰塔的影子倒映在湖水裡，午後陽光給湖面撒了碎銀一般，波光粼粼。

三毛像是自言自語地說：「倘若我見了賈平凹，我要跟他要一輛腳踏車，不要新的，舊的就好，然後一起騎腳踏車去他的故鄉商州，可以嗎？然後沿著《浮躁》裡的州河一路走下去，快到白朗的時候，我就扔掉腳踏車，和他一起乘排筏去漂流。」

孫聽說：「三毛老師，妳對賈老師的書讀得真的是很仔細呀！我想賈老師一定會答應您的。」

三毛沒有再說話。

他們坐的這座小亭子叫「聽雨軒」，剛才還是萬里晴空的天，突然下起了雨，真的能夠聽雨了，雨珠聲聲打在雨棚上，像彈奏著的琵琶。

三毛拿起孫聽送給他的塤，吹了起來。低調沉悶的塤聲裡，三毛已到了商州。

在滔滔的丹江邊，花紅柳綠間，三毛與賈平凹廝跟著（編按：洛陽話「一塊兒」之意）騎車而行，三毛在前，賈平凹在後。賈平凹說：「三毛，妳咋還比我跑得快哩，我要給妳領路哩。」

三毛說：「我不用你領，我知道路。」

賈平凹說：「前面有個倒流河，我帶妳去看倒流河。」

三毛說：「好，你要是追上我了，我們就去。」

三毛一邊騎著腳踏車，一邊唱了一句：「後院裡有棵苦李子樹，小郎唉咳唉咳呦——」

賈平凹接著唱道：「未曾開花，親人哪——」

三毛唱道：「你先嘗呃，哥呀嗨——」

……

服務員過來替三毛續茶，三毛從幻覺裡醒轉過來：「噢，我們坐了好久。」她對女服務員說。

服務員說：「沒關係的，您隨便坐，需要什麼只管吩咐。」

服務員離去。三毛又對孫聰說：「你說，賈平凹，他見到我的第一句話會說什麼呢？」

第四章

不等孫聰回答，三毛又自語道：「他會說，他昨晚做了一個夢，夢到有一隻眼睛很黑很亮的金絲雀飛到了棣花街的苦楝子樹上。他說過的，苦楝樹能長得非常高大，但枝葉稀疏，秋天裡就結一種果，指頭蛋兒大，一兜一兜地在風裡搖曳，一直到臘月天還不脫落。他一醒來就在想這個夢，他想今天一定會有一位不平凡的女士來造訪他。果然，三毛女士來了。」

孫聰笑了，說：「三毛老師您怎麼會是金絲雀呢？您是沙漠上空的鷹，您是大海裡的鯨，您是……」

三毛突然痛苦地說：「不，不要跟我提大海！」

孫聰看到三毛失魂落魄的樣子，一下子醒悟過來，他趕緊說：「對不起，三毛老師，我失言了……」

三毛的眼裡淚光閃閃：「大海，它吞沒了我的荷西……」

孫聰不知道該如何面對三毛突然間低落的情緒，有點尷尬，他歉意地說：「三毛老師，我想朗誦一首您的詩給您聽，可以嗎？」

三毛說：「謝謝你，我願意聽。」

第二節　西湖聽雨軒

孫聰站起身，朗誦：

如果有來生，
要做一棵樹，
站成永恆。
沒有悲歡的姿勢，
一半在土裡安詳，
一半在風裡飛揚；
一半灑落蔭涼，
一半沐浴陽光。
非常沉默、非常驕傲。
從不依靠、從不尋找。

三毛說：「你朗誦得真好，你能再唸一段《天狗》的句子給我聽嗎？我好喜歡那個故事，那是一個女人和兩個男人的故事。那個女人好善良，假使我到了商州，我一定還要讓賈平凹帶我去見見那個女人，州河邊的女人。」

第四章

孫聰拿起三毛遞過來的書，開始唸了：

外邊的夜黑嚴了，黑透了，不是月食的夜，天空卻完全成了一個天狗，連月亮、星星，螢火蟲都給吞掉了。屋裡燈很亮，灶火口的火炭很紅。夜色給了這兩個人黑色眼睛，兩個人都看著亮的燈和紅的炭，大聲喘氣。天狗抱著女人，女人在昏迷狀態裡戰慄。天狗的腦子裡的記憶是非凡的，想起了堡子門洞上那一夜的歌聲，想起了當年出門打井時女人的叮囑。過去的天狗擁抱的是幻想，是夢，現在是實實在在的女人，肉乎乎軟綿綿的小獸，活的菩薩，在天狗的懷裡。天狗怎麼處理這女人？曾經是女人面前的孩子的天狗，現在要承擔丈夫的責任了嗎？天狗昏迷，天狗清白，天狗是一頭善心善腸的羊，天狗是一條殘酷的狼，他竟在女人頭髮上親了一口，把戰慄的菩薩輕輕放在了凳子上。

三毛聽著，抽著菸。這一下午，她已抽了好多菸了。孫聰讀到這裡時，她突然又哭了，哭出了聲，她哽咽著說：「你把那段……女人的癱子男人自殺的那段也唸下好嗎？」

孫聰翻書，繼續朗誦：

把式對死是冷靜的，他三天裡臉上總是笑著，還說趣話，還唱了丑丑花鼓。但就在天狗和女人出去賣蠍走後，他喊了隔壁的孩子來，說是他要看蠍子，讓將一口大蠍甕移在窗外臺上，又說怕甕掉下，讓取了一條麻繩將甕拴好，繩頭他拉在手裡。孩子一走，他就把繩從窗櫺上掏進來，繩頭挽了圈子，套在了自己脖上，然後背過身用手推掉大甕，繩子就拉緊了……

那一天，孫聰還送給三毛一匹三彩馬，可惜，三彩馬的一條腿不小心摔斷了，當孫聰有些忐忑地把摔斷腿的禮物遞給三毛的時候，三毛卻並不介意，她說，三彩馬是個很名貴的東西，謝謝你。

孫聰離開的時候，三毛送給了孫聰一張照片，是一個長髮飄飄的三毛。她說，剛才幫我拍的照片不要發表，盤髮的三毛不是三毛，長髮的三毛才是三毛。

她還遞過來一張名片，上面寫著她在臺北的地址，並在名片背後簽了她的名和日期。她請孫聰把這張名片轉交給賈平凹先生。

第五章

第一節　病人

一九九〇年十二月十六日，在古城西安的某間醫院裡，賈平凹靠在病床上正在看書。他看的是張愛玲的書，一本是《流言》，一本是《張看》，就放在他的床頭邊。

那段時間，賈平凹喜歡的作家，除了張愛玲，還有中國作家沈從文、日本作家川端康成，他覺得這幾位作家的氣質和他相投。三毛的作品他有過一些少量的閱讀，他也聽到了人們在說三毛，但在他的理解裡，以為三毛的作品是給年輕人讀的。所以，三毛在海峽的那邊如痴如醉地讀他的書的時候，他並沒有好好地仔細地研究過三毛。

他後來當然認真地讀了三毛的書，並且為三毛寫下了感天動地的文字，成為他散文的經典之作之一。

這一年的賈平凹，身體依然不那麼的好，他的父親去世剛過了一年，他為父親去世

第一節　病人

的悲傷不能停止，文壇上也還有一些是是非非，理不清，扯不斷。特別是父親的去世，令他感覺到似乎失去了力量，他悲觀地總也打不起精神，從他筆下流出來的文字在那一年無不帶著悲愴和痛苦，人生無常世態炎涼的淒清和傷感總是籠罩在他的心頭。那一年是賈平凹的生命處於紛紛擾擾的一年，也是心緒低落和消沉的一年。他失去了力量也失去了方向，茫然不知所終。太多的憂慮和潑煩事令他不堪重負，疾病自然也乘虛而入。他的肝病已經好幾年了，他吃了很多藥，打了很多針，但疾病還是頑固地纏繞著他，他不得不把用來寫作的時間放在醫院裡。

他的老朋友，《鬼才賈平凹》的作者孫見喜拿著一張報紙進來了。孫見喜戴一頂紳士帽，這一頂帽子後來成了孫見喜標誌性的打扮。孫見喜好像也特別適合這頂帽子，這使文弱清瘦的他看起來很有洋派味道。

孫見喜關切地問：「老賈，咋樣了，好點了嗎？」

賈平凹看到孫見喜來了，放下書說：「好啥好哩，人一患了肝病，感覺像當年的四類分子一樣遭到歧視哩。」

孫見喜說：「這個也能理解，傳染病嘛！又傳又染的。」

賈平凹見孫見喜又在調侃他，說：「老孫呀，你哪裡知道一個人生病後的難處呀！」

孫見喜說：「我明白，上山擒虎易，開口告人難啊！」

賈平凹說：「已經有好多天沒有人來看我了，那些朋友們已經很少來我家串門了。」

孫見喜說：「你看，我不是來了嗎？」

賈平凹說：「你是不抽菸的，有些抽菸的人，來我這裡，我遞的菸也不抽了，我遞的茶也不喝了，我隔窗看人家下了樓，去公共水龍頭下沖洗，一遍又一遍的，似乎他那給我握過的手已成狼爪，恨不能剁斷了去。末了還湊近鼻子聞聞——肝炎病毒是能聞出來的嗎？」

孫見喜聽出了賈平凹的抱怨，生了病的人心情肯定是不好，看來，賈平凹生病之後的確是遭遇了歧視，這對一個病人來說無疑是雪上加霜，也是最傷害人的事。聽他口氣，賈平凹的怨氣還不小。

孫見喜自然只能安慰他說：「老賈，你有啥風雨沒經過，怎還把這些事情放心上。這世上也總有些蠢貨哩。」

賈平凹說：「你不知道，我感覺我就像囚犯一樣地要穿病號服，要限制行動於這麼一個極小的院子裡。」

孫見喜望了望窗外，是一個挺清雅的舊式小院，便說：「還可以嘛！雖然這院牆是鐵製的柵欄，但你可以看見外邊的風景和人流呀！」

賈平凹說：「我若不看還好，但看了外邊行人穿著花花綠綠行走，就頓生列入另冊的淒慘。」

孫見喜心想，這老賈是怎麼搞的？他的抗壓能力一向是很強大的呀！他一直認為自己是個農民，他和父親一樣有農民的堅韌，有農民的倔強，有農民的不服輸，什麼都不能讓他倒下。怎麼疾病又拿下他了？讓他如此悲觀，如此傷感。

孫見喜是最了解賈平凹的。

他說：「老賈，天上紅紅的太陽是你的，湧動的彩雲是你的，樹上的小鳥給你開獨唱音樂會。當然，學會享受苦難需要精神昇華啊！」

其實，那個時候，賈平凹也並不老，一九九〇年的時候，他也就三十八歲，還不到四十歲，他成名早，是青年才俊，可他的朋友們卻一直叫他「老賈」，不知道是不是和他的長相有關。他自己也說過自己年輕時就長得老相，老了反倒不老相了。

老賈還在傷感著，他說：「連小鳥都不肯理我，我同小鳥吹口哨，小鳥卻飛去了，落下一根或兩根的羽毛。」

孫見喜說：「這是最美麗的饋贈，你撿拾羽毛放在枕邊，它會給你帶來五彩的夢。」

賈平凹說：「是的，我跑過去撿拾這片羽毛，像年節的小孩搶拾炮仗一樣。這行為被柵欄外的一個孩子瞧著了，那小小的眼睛裡充滿了在動物園看籠中動物的神氣，他竟大膽地走近了幾步。」

孫見喜說：「那很好呀！你可以和這個孩子聊聊天，小孩子的話有時能直接說出事物的本質。」

賈平凹說：「我倒也這樣想，可是他的母親，一個肥胖的女人就喊：『走遠點，那是傳染病！』」

聽到這裡，孫見喜笑了。他說：「這個肥胖女人也太可憎了，說話太難聽了。其實，不少大人認為自己懂科學，卻把人情抛在路邊。」

第一節　病人

賈平凹說著，幾乎要落淚了。被人歧視的痛苦，比疾病的折磨還要厲害。

幾天沒來，孫見喜心想，老賈一定是受了很大的刺激，不然怎會如此傷感。

賈平凹說：「我只有背過身去，默默地注視著院中的一片玫瑰花，和花壇上的一群黑色的螞蟻。啊！美麗而善良的玫瑰不怕傳染，依舊花紅如血；勇敢的螞蟻不怕傳染，依舊在為我們表演負重的遠距離運動。那一晚，我等到很晚方回去睡覺，那依舊潔亮的月亮，它隨我到了柵欄裡，它不嫌棄我。」說著說著，賈平凹含在眼裡的淚落了下來。他說不下去了，無語凝咽。

孫見喜也從未見過賈平凹如此之悲傷，在他的眼裡，賈平凹有時是極樂觀極調皮的，他有時甚至像個孩子似的。

孫見喜只好說：「你也不要太敏感了，人在病中不能多想，想也要往好處想。」

賈平凹還在絮叨，他說：「老孫，你知道吧？我現在有個新名字。」

孫見喜急問：「啥新名字？誰給你起的？」

賈平凹說：「醫生和護士是從不喚我名姓的，直呼床號。世界上叫號的只有監獄和醫院。我先是『加二三五』，後一個病號出院了，我正式成了『二三五』。

『二三五！……二三五！』這是在賣飯了！飯勺不挨著我的碗，熱湯幾次就淋在我的手上。『二三五！……二三五！』這是護士在送體溫表了。」

聽賈平凹這麼說，孫見喜倒笑了，他說：「人的名字本來就是個代號嘛，你賈平凹再大名鼎鼎，喜歡你的讀者再多，你的作品傳播得再遠，『賈平凹』還是一個代號。雖然『二三五』不是爹媽為你起的名字，可現在滿社會不是都在叫『張書記』、『李主任』、『劉主席』的嗎？」

賈平凹說：「我在打吊針的時候，目光一直是看著天花板的，天花板很潔淨，而我還是看出了上面的細小的紋路，並且從這紋路上看出了眾多的魚蟲山水人物。有人說，天花板是病人的一部看不完的書，這話真對。然後我在琢磨『加二三五』，想，有個『加』號，這是不吉利的，因為乙肝（編按：B肝）之所以是乙肝，就是各項指標是陽性，陽性表示出來就是『加』號。待到正式為『二三五』了，我思索『二三五』三位數相加是十，這還好，不是個十三，但十也是不好，應該是九恰好，圍棋的最高段位不就是九嗎？中國人是愛好三、六、九的。幸喜有個三。」

孫見喜說：「其實，人生病了，身體就會獲得一次經驗。你不是說過，病是上帝予你生與死之間的微調嗎？你就安心接受微調吧！」

第一節　病人

賈平凹說：「我常常想，十九歲時我從商州鄉下來到了西安城裡，一恍惚，數十年就過去了，總還覺得大學畢業是不久前的事情。人的一生到底能做些什麼事情呢？」

孫見喜說：「你不是說過嗎？當五十歲的時候——不，在四十歲之後，你會明白人的一生其實幹不了幾樣事情，而且所幹的事情都是在尋找自己的位置。」

賈平凹說：「造物主按照世上的需要造物，物是不知道的，都以為自己是英雄，但是你是勺，無論怎樣地盛水，勺是盛不過桶的。性格為生命密碼排列的定數，所以性格的發展就是整個命運的軌跡。不曉得這一點，必然淪落成弱者。弱者是使強用狠，是殘忍的，同樣也是徒勞的。我終於曉得了，我就是強者，強者是溫柔的，於是我很幸福地過我的日子、生我的病。以後，我肯定不再去提著菸酒到當官的門上蹭磨，或者抱上自己的書和字畫求當官的斧正，當然，也不再動不動坐在家裡罵官，官讓辦什麼事偏不幹。諂固可恥，傲亦非分，最好的還是蕭然自遠。別人說我好話，我感謝人家，必要自問我是不是有他說的那樣；遇人輕我，肯定是我無可重處。」

孫見喜聞聽賈平凹這一長串子話，高興地說：「啊呀老賈，你說得很好嘛！我還說要苦口婆心勸你呢！看來上帝對你的微調還是成功的。你啥都想明白了，你想得很透澈嘛！」

第五章

賈平凹說：「現在大家都知道，我的病多，我是文壇著名的病人。總是莫名其妙地這兒不舒服那兒不舒服。但病使我躲過了許多的尷尬，比如有人問，你應該擔任某某職務呀！或者說你怎麼沒有得獎呀和沒有情人呀！我都回答：我有病！」

這時，護士推門進來，喊了聲「二三五，你的藥」。賈平凹掛著點滴，看也不看放在床頭櫃上的藥。

孫見喜到醫院來看望賈平凹，本來是想說三毛的事情，但一見面，賈平凹就一直在說他的病和煩悶的心情。現在終於輪到孫見喜說正事了。

孫見喜說：「臺灣有個女作家最近在大陸很火的，我找來她的散文看了一下，感覺她的散文和你的寫法不大一樣。」

賈平凹說：「女人的作品我是比較喜愛張愛玲的。」

孫見喜說：「噢，張的作品我看得少。你有啥心得？」

賈平凹於是又跟孫見喜談起了張愛玲，也許是在醫院裡難免寂寞和孤單吧！抑或賈平凹太喜愛張愛玲，平日不太說話的賈平凹，提起張愛玲竟又說了一大堆。

賈平凹把他床頭放的書指給孫見喜看，說：「我先讀的是張的散文，一本《流言》，一本《張看》，天下的文章誰敢這樣起名，又能起出這樣的名？恐怕只有這個張愛玲。」

賈平凹說：「女人的散文現在是極其的多，細細密密的碎步兒如戲臺上的旦角，性急的人看不得，喜歡的又有一班只看顏色的看客，噢兒噢兒叫好，且不論了那些油頭粉面，單是正經的角兒，秦香蓮、白素貞、七仙女……哪一個又能比得上崔鶯鶯？張的散文短可以不足幾百字，長則萬言，你難以揣度她的那些怪念頭從哪兒來的，連續性的感覺不停地閃，組成了石片在水裡一連串地飄過去，濺一連串的水花。」

孫見喜說：「我感覺你的散文也有張的意味。你說過，你也是追求這般貫通了天地，看似胡亂說，其實骨子裡盡是道教的寫法——散文家到了大家，往往文體不純而類似雜說——但大多如在晴朗的日子，窗明几淨，一邊茗茶一邊瞧著外邊。總是隔了一層，有學者氣或佛道氣。」

賈平凹說：「張是一個俗女子的心性和口氣，嘟嘟嘟地嘮叨不已，又風趣，又刻薄，要離開又召聽，是會說是非的狐子。」

孫見喜說：「我看你看的這兩本書都是張的散文，她的小說你讀了嗎？最近有一部她的小說改編的電視劇叫《半生緣》，我家裡的人愛看得很。」

賈平凹說：「看了張的散文，就尋張的小說，但到處尋不著。那一年到香港，什麼

第五章

書也沒買，只買了她的幾本，先看過一個長篇，有些失望，待看到《傾城之戀》、《金鎖記》、《沉香屑》那一系列，中她的毒已經日深。」

孫見喜說：「世上的毒品不一定就是鴉片，茶是毒品，酒是毒品，大凡嗜好上癮的東西都是毒品。看來你是中了張愛玲的毒了。」

賈平凹說：「張的性情和素質，離我很遠，明明知道讀她只亂我心，但偏是要讀。」

孫見喜說：「古今中外的一些大作家，有的人的作品讀多了，可以探出其思維規律，循法可學，有的則不能，這就是真正的天才。」

賈平凹說：「是的。張的天才是發展的最好者之一。我往往讀她的一部書，讀完了如逛大的園子，弄不清了哪兒進門的，又如何穿徑過橋走到這裡；又像是醒來回憶夢，一部分清楚，一部分無法理會，恍恍惚惚。」

孫見喜說：「她是有點曹雪芹的才情。」

賈平凹說：「她明顯地有曹雪芹的才情，又有現今人的思考，就和曹氏有了距離，她沒有曹氏的氣勢，渾淳也不及沈從文，但她的作品的切入角度、行文的詭譎及瀰漫的一層神氣，又是旁人無以類比的。天才的長處特長、短處極短，孔雀開屏最美麗的時候也暴露了屁股，何況張是個執著的人。」

孫見喜說：「你讀別人的作品，讀得仔細又謙虛著讀，學習著讀。時下的人，尤其是也稍耍弄些文的人，已經有了毛病，讀作品不是浸淫作品，不是學人家的精華，啟迪自家的智慧，而是賣石灰就見不得賣麵粉，還沒看原著，只聽別人說著好了，就來氣，帶氣入讀，就只有橫挑鼻子豎挑眼，這無損於天才，卻害了自家。」

賈平凹說：「就是的，你這個話，我也是認同的。弄文的人一定要有胸懷，不能賣石灰的就見不得賣麵粉的。」

孫見喜說：「這是個很不好的風氣。」

賈平凹說：「張的書是可以收藏了長讀的……《西廂記》上說：『不會相思，學會相思，說害相思，就害相思！』《西廂記》上又說：『好思量，不思量，怎麼思量？』」

孫見喜說：「以為你整日躺在病床上很是無聊呢！你倒是腦子沒有閑著。」

賈平凹說：「我躺在病床上常常想，與張愛玲同活在一個世上，也是幸運，有她的書讀，這就夠了。」

第五章

張愛玲的話題終於打住了，孫見喜趕緊說：「臺灣那個叫三毛的女作家……」

賈平凹說：「《浮躁》在美國獲得了美孚獎，其實，我最想知道，國內的評論家是怎樣看這部小說的。」

賈平凹今天是怎麼搞的？一定是好久沒人來跟他說話了吧！逮住了人，就想把他自己存的話一股腦先倒出來。孫見喜這樣想著，考慮他在病中，就依著他吧！

孫見喜說：「這一期的《文藝報》刊發一版關於你的評論。我給你唸幾段，你聽聽。第一個是評論家季紅真。」

孫見喜讀報：

在這個充滿浪漫活力、劇烈變動的時代，當多數作家以凌厲氣勢，急切地爭相表達對歷史、現實、未來的新鮮見解，敏銳地感應時代變革的精神時，賈平凹似乎始終甘於寂寞，默默地體察著一種平靜的生活氛圍，追求一種雅拙清朗的意境。

評論家雷達：賈平凹是奔世界文學而去，但他的河流始終奔馳在中國的河床上。

賈平凹說：「其實我在寫作上有一位導師，就是董子竹，他後來到廬山出家成了常古法師；我的小說《浮躁》總結社會情緒的概念最先由他提出的。」

孫見喜說：「可惜好多年沒有見過他了。」

賈平凹說：「以中國傳統的美的表現方法，真實地表達現代中國人的生活和情緒，這是我創作追求的東西。但是，實踐卻是那麼艱難，每走一步，猶如鄉下人挑了雞蛋筐子進鬧市，前慮後顧，唯恐有了不慎，以致懷疑到了自己的腳步和力量。」

孫見喜說：「我還是相信你〈臥虎說〉中的文化立場，以中國人的思維和審美表現本民族的生活和精神生態……」

賈平凹說：「想生我育我的商州地面，山川水土，拙厚、古樸、曠遠，其味與臥虎同也。我知道：一個人的文風與性格統一了，才能寫得得心應手；一個地方的文風和風尚統一了，才能寫得入情入味，從而悟出要作我文，萬不可類那種聲色俱厲之道，亦不可淪那種輕靡浮豔之華。」

孫見喜說：「是啊，『臥虎』，重精神，重情感，重整體，重氣韻，具體而單一，抽象而豐富，這是你長久追求的東西啊！」

賈平凹說：「我正在寫一部新長篇，但肯定是和《浮躁》的寫法不一樣的。所以我想聽聽究竟人家怎麼說。」

第五章

孫見喜說：「我知道，你又想創新了。你總是這麼不安分，總想著有個突破。」

賈平凹和孫見喜在病房坐得太久了。點滴終於打完了。孫見喜提議出去走一走，晒一晒太陽。

於是，兩人又來到了醫院的花園裡。花園裡栽種著高大的梧桐，還有涼亭、長條木椅，還有石墩子和石桌子。已經是十二月分了，但西安城冬日的太陽依然是暖洋洋的。很多穿著藍白直條病號服的人都在晒著太陽。對於病人，太陽是個好東西。

孫見喜和賈平凹沿著花園裡的小路邊走邊說。

快快把重要的事情說出來吧！孫見喜都憋了好半天了。

孫見喜說：「老賈，我是有重要的事情給你說的，是關於你的一個事。你一直在說，不讓我說。」

聽說是「重要的事情」，賈平凹的臉凝重起來。他問：「是我又犯錯誤了嗎？又有人批評我嗎？」

孫見喜說：「一朝被蛇咬，十年怕井繩，我看你真是被嚇住了。這回是個大好消息。」

賈平凹說：「能有啥大好消息嘛？整天就住在這醫院裡。」

「你看這張報紙。」孫見喜將一張報紙遞給賈平凹。這是一張《陝西日報》，一個大標題闖進了賈平凹的眼裡——〈臺灣女作家三毛說賈平凹〉。

「三毛？」賈平凹的心裡咯噔了一下。

孫見喜拿過報紙說：「你有病，還是我給你讀一下吧！」兩人坐在了花園深處的石頭墩子上。

孫見喜開始讀報：

在臺灣我看到平凹先生的兩本書，一本是《天狗》，一本是《浮躁》。我看第一遍時就非常喜歡，每個標點我都研究，太有意思了。他用詞很怪，可很有味兒。我每次看完都要流淚，眼睛都要看瞎了。他的商州人很好，這兩本書我都快看爛了。

賈平凹吃驚地問：「三毛看我的書？」

孫見喜繼續讀：

你回去轉告他，他的作品很深沉，我非常喜歡，他若能把他的書寄一些給我，那再好不過了。請他放心，我一定付錢給他。

第五章

賈平凹說：「我咋能要人家錢嘛！三毛真是一個純真、直率的女作家。」

孫見喜繼續讀著：

我很崇拜他，他是當代最好的作家。有空我就看平凹的照片，研究他，他腦子裡的東西太多了。我很想見一見他，但又不想見他。從他的作品來看他很有意思，隔著山去看他更有神祕感，如果見了面不知道會怎樣，說不定沒意思了。但我想我一定要拜訪他，什麼時候，還很難說。

賈平凹點起了一根菸，問：「這真是三毛說的？」

孫見喜說：「報紙上登的，有假嗎？這是陝西廣播電臺一個記者，叫孫聰的，對三毛的一個採訪，在杭州的一個採訪。」

孫見喜是不抽菸的，他用手揮了揮飄在臉前的煙霧，說：「你先不要抽菸，嗆得很，讓我把這唸完，你再抽菸。」

孫見喜繼續唸著：

他家鄉的民歌我也很愛聽，要是到了陝西，我要多住些日子，到商州去，到河邊聽人家唱歌。

賈平凹繼續抽菸，沉思著。

孫見喜放下報紙，又從包裡拿出一張名片遞給賈平凹：「你看，這是三毛的名片。」

賈平凹接過名片看到上面的字。

孫見喜說：「後面還有字呢！是三毛親筆寫的字。」

賈平凹看名片的背後，果然有一行字，鋼筆寫的，字很秀氣，像是女人的字跡，但字體是斜著的，全部朝右倒的樣子——

平凹先生，您的忠實讀者三毛。

一九九〇年十月十六日

賈平凹把名片和報紙一起放好，沉吟著說：「三毛可以說是如今在海峽兩邊正當紅的作家，她竟然說崇拜我，這讓我很是慚愧。」

孫見喜說：「據說年輕人都喜歡她，為她瘋狂。我的姪女整天抱著三毛的書哭哭笑笑。一個作家的作品能讓人如此痴迷，這很不容易，她是一個偶像級的作家。」

賈平凹說：「三毛新近的書，《萬水千山走遍》我倒是讀了，是我今年在海南參加的一個會議上，臺灣的一位記者送給我的。我印象中她是一個特立獨行的作家。她的作品有一種悽愴，也有豐沛的生命感，她能把很多悽愴的際遇都寫得生氣勃發、瀟脫飄逸，這個很不容易，也是一個有靈氣的作家。」

孫見喜說：「臺灣有個著名作家、評論家叫南方朔的，也專門為三毛寫過評論，叫做〈流浪的心靈使者〉。他說，三毛在臺灣，其實已不是單純的作家而已，毋寧稱為『三毛現象』，而所謂『現象』，必然是她具有某種能夠反映時代共同需求的特性。南方朔認為，還可以把三毛和早她大約二十年的日本女作家犬養道子相對比。」

賈平凹說：「你是評論家，比我知道的要多。」他停頓了一下，又說，「可是，大陸那麼多的作家，三毛為啥要說喜歡我的作品呢？」

孫見喜又忍不住開玩笑說：「大概是三毛喜歡上你這個人了吧！」

賈平凹說：「你不要胡說。我是個醜人，女人不會喜歡我的。」

孫見喜說：「可三毛也是個不漂亮的女人啊！」

賈平凹說：「我看她的面相，有些苦相的，可她的才華卻是超人的。」

孫見喜說：「我知道你懂易經，會給人算命和看相，你說的大概沒錯。我看三毛的內心一定是有不能言說的苦悶的。她的愛人死了，她又是這樣一個敏感、浪漫，內心世界豐富的人。她到過新疆，在王洛賓的家裡住了半個月，後來卻又落寞地回去了。你能看出她究竟是怎麼想的嗎？」

賈平凹說：「這恐怕只有三毛自己清楚，外人都不能妄加猜測——不，有些事，恐怕三毛自己也說不清楚，對於像她這樣的作家。」

孫見喜說：「也包括你，你的內心究竟是怎樣的，你恐怕也不一定能說清楚。」

賈平凹說：「人心是最複雜的。」

孫見喜說：「那好。三毛讓給她寄書，我安排孫聰給她寄吧！」

賈平凹說：「交代務必寫上千萬不要寄錢過來，我不要她的錢。」

孫見喜說：「那好，我現在就去辦。」

賈平凹從石墩子上站起身，穿上外衣，忽然又叫住了孫見喜：「老孫，我覺得我應當親自給三毛寄書。她這樣一個與我心靈相通的人，我親手寄，才能把我這份心意傳遞過去。再說，三毛最講感應，她說過『沒有感應不行的』。」

孫見喜說：「你也知道三毛這句話呀?可是，你身體不允許呀！」

賈平凹說：「不要緊，和你說了這麼多話，我感覺心裡暢快多了，身體也輕鬆了。人家這麼看得起咱，咱也不能馬虎人家。我會給大夫和護士請假的。」

孫見喜見賈平凹堅持要親自寄書，就和賈平凹一起回到家裡。

第二節　給三毛選書之一

「這兩本書我都快看爛了。」三毛的話說得讓賈平凹心抖，他真的沒想到三毛這個海峽那面的作家會這樣看重他。所以，他第一時間想到的就是寄《天狗》和《浮躁》這兩本書給三毛。

孫見喜也很贊同賈平凹的想法，並建議寄精裝本的《天狗》和《浮躁》，說：「要寄咱就寄最好的。」

三毛是一九八九年從大陸轉回臺灣時，在香港的書店看到了賈平凹的書。於是她就買了賈平凹的《天狗》和《浮躁》。

這裡我想有必要把《天狗》和《浮躁》這兩本書做一個介紹，以使大家體會一下在那麼多的大陸作家作品裡，三毛為何偏偏喜歡這兩本書，喜歡到「每個標點我都研究」。這是怎樣神奇的兩本書，才華非凡的三毛竟也那麼地愛不釋手？

我們先來看一下《天狗》。

《天狗》是賈平凹的中篇小說集，裡面收錄了賈平凹一九八三年開始遍走商州時寫的一系列中篇小說，此書一九八六年由作家出版社出版，是一部精選集，是賈平凹極具藝術探索性的作品，也是一部具有經典意義的作品集。

賈平凹一九八三年開始經營他的「商州世界」，到一九八七年寫完《瘺家溝》，前後五年的時間裡，這位勤勉的小說家發表了幾個系列共二三十部長篇、中篇、短篇小說，僅一九八五年一年就寫了九部中篇，那一年，文壇稱之為「賈平凹年」，從《商州初錄》開始，經《雞窩窪人家》、《小月前本》到《天狗》、《黑氏》等，賈平凹使一個色彩迷人、氣韻古樸、風情奇異的「商州世界」，成功地屹立在了人們面前。一個類似於原始部落一樣的神祕商州，被這個商州之子一層層撩開了面紗，於是，如同沈從文筆下神祕的「湘西」一樣，人們從此知道在秦嶺深處，有一個叫做「商州」的地方。

實際上，那時的賈平凹也正在研究著沈從文，他從沈從文營造的「湘西」文化意象裡獲取了靈感，把一個重祭祀、信鬼神、純樸敦厚，還有些古怪的像山石一樣的「商州」，熱騰騰、鮮活活地捧了出來。賈平凹筆下這個無限廣闊和深邃的「商州世界」，以

第五章

這些小說為奠基成為永恆的文學旗幟，一個寫意的水墨畫一樣的旗幟。「商州世界」以強大的力量和粗糲的面孔，從那時起就構築了賈平凹創作的大崛起。

《天狗》共收錄了七個中篇，分別是：〈天狗〉、〈遠山野情〉、〈黑氏〉、〈火紙〉、〈古堡〉、〈人極〉、〈西北口〉。

三毛在後來寫給賈平凹的親筆信中，又一次提到了這本小說集，她說她讀了不下二十遍，胸口悶住了，她還說：「這種情形，在看《紅樓夢》、看張愛玲時也出現過，但他們仍不那麼『對位』，直到有一次在香港，有人講起大陸作家群，其中提到您的名字……」這封信比她對孫聰講到的還要直接和透澈，她對賈平凹的青睞非同一般。「大師」這頂桂冠，她竟那麼輕鬆地甩給了賈平凹，三十八歲的賈平凹也是第一次被人稱為「大師」。

好，那我們就跟著三毛一起來閱讀這本書。

《天狗》的封面上畫著一輪圓月，可惜一角被吞噬掉了，圓月下面是一帶遠山，一個背著褡褳的山民行走在山路旁，他頭纏白巾，腳穿半筒黑色雨靴，他側臉凝視著遠山，是一幅寫意的畫面。疏疏朗朗幾筆，卻很是耐看。我一向是偏愛一九八〇年代出的書，封面的設計總能先聲奪人。

再翻一頁，是賈平凹的手跡，是豎排的。上面修改的地方有好幾處，修改線左拉右出，圈圈點點，有些地方塗黑，「天狗」兩個字大大寫在左側，也畫著分隔號，特意標出。這段手跡選的是小說開頭的內容，根據五抹六道的塗抹，可以看到作者下筆時的用心和艱難。他一開始寫得似乎並不那麼順暢。

接下來是目錄，目錄後面就是正文了。

第一篇〈天狗〉，我們先看一下那段被塗抹得亂七八糟的文字到底是什麼：

> 如果要做旅行家，什麼茶飯皆能下嚥，什麼店鋪皆能睡臥，又不怕蛇，不怕狼，有冒險的勇敢，可望沿丹江往東南，走四天，去看一處不規不則的堡子，了解堡子裡一些不倫不類的人物，那趣味兒絕不會比遊覽任何名山勝地來得平淡。

大家看，賈平凹一上來是不是就為我們打開了一個「商州」的世界，像電影的開場一樣，先把一個奇幻的背景展示給我們。

其實，「商州」這個地理概念，在以前很長一段時間已經不存在了。是賈平凹在他的作品裡把這個清代以前的叫法重新提起，並反覆使用，使商州成為一個文學作品裡的地域概念。因著賈平凹作品的巨大影響力，他的家鄉有一個地區就真的叫成了商州。

第五章

「一山未了一山迎，百里都無半里平。宜是老禪遙指處，只堪圖畫不堪行。（唐·賈島〈題安業縣〉）」這是賈島對商州的描寫。「遠別秦城萬里遊，亂山高下出商州。關門不鎖寒溪水，一夜潺湲送客愁。（唐·李涉〈再宿武關〉）」這是李涉再宿武關的感受。「亂煙籠碧砌，飛月向南端。寂寂離亭掩，江山此夜寒。（唐·王勃〈江亭夜月送別二首〉）」這是王勃江亭夜月的送別。

商州地處秦嶺南麓，本是商鞅封地，也乃商山四皓隱居之地。有天造地化的奇山異景，也有道法自然的風俗民情。丹江洛水穿境而過，四時殊異，斯地斯民，古風不遷，如桃花源一般。

賈平凹談到商州時，曾這樣說：

如果和商州人聊起來，他們津津樂道的還是這點，說丹江邊上便有這麼一山，並不高峻，山峁縱橫，正呈現一個「商」字，以此山腳下有一個鎮落，從遠古至今一直叫「商鎮」不改。還說，在明、清，延至民國初年，通往八百里秦川有四大關隘，北是金鎖關，東是潼關，西是大散關，南是武關；武關便在商州。

龍駒寨便是紅極一時的水旱大碼頭。那年月，日日夜夜，商州七縣的山貨全都轉運而來，龍駒寨就有四十六家叫得響的貨棧，運出去的是木耳、花椒、天麻、黨參、核桃、板栗、柿餅、生漆、木材、竹器，運回來的是食鹽、鹼麵、布匹、絲綿、鍋碗、陶瓷、菸捲、火紙、硝磺。但是，歷史是多麼榮耀，先業是多麼昭著，一切「俱往矣」！

如今的商州，陝西人去過的甚少，全國人知道的更少。……商州西部，北就有亙綿的秦嶺，東是伏牛山，南是大巴山；四面三山，這塊不規不則的地面，常常就全然被疏忽了，遺忘了。

神祕之地也必有神祕故事。

第一次看到「天狗」這個名字，令人容易想到了小學課本裡「天狗吃月亮」的故事：月亮被天狗咬掉一塊，有了個黑乎乎的大缺口。家家戶戶這時便都要出門敲鑼打鼓，趕走天狗。這是一個古老的民間習俗。而在賈平凹這裡，「天狗」不是吞噬月亮的天狗，「天狗」是小說主人公的名字。

天狗是「井把式」李正的徒弟，師傅攆走他後，獨自打井時意外受傷，癱瘓在床。天狗掛念嫂嫂山月，便常到山月家來，井把式做主，招天狗入贅。為成全天狗和山月，井把式推倒窗臺上的蠍子翁自殺。

〈天狗〉裡有一首山歌，是天狗唱給在江邊洗衣的女人的。這首歌也正是三毛在西安城牆下聽到的那首。

第五章

天上的月兒喲一面鑼哎
鑼裡坐了個美媌娥喲喂
天狗不是瞎傢伙呦
井裡他把月藏著
井有多深你問我呦
哎，哎
你問我呦
你問我

這是一個悲情的故事，一個女人和兩個男人的故事。這篇小說發表之後，引起了很大的反響，很多讀者提出了疑問。

一位讀者來信，控告〈天狗〉是違反了《婚姻法》的。賈平凹特地寫了一篇〈說天狗〉來回答讀者們的質疑。

賈平凹說：「是的，《婚姻法》上是沒有那麼白紙黑字地規定過。我在山地裡初遇天狗時，也曾同樣有過這種憤怒。但經過深入的了解，原來這行為是默認的，民情為此，法律亦如此：誰要讓我們的天狗托生於那麼個貧窮偏僻的地方呢？所以，天狗不是跳牆的狗，師娘也不屬犯了重婚罪。貧窮偏僻使他們不幸，貧窮偏僻又使他們有幸。文明社會和文明的性的生活或許會使人變成動物，而落後貧瘠的環境的性的生活卻使天狗、師娘完成了人的價值。」

又一位讀者來信，責備賈平凹太殘酷，說井把式是條硬漢，他不應該死去的。

賈平凹說：「這實在沒辦法，完全是他的選擇，絕非我的強迫。正因為他是一條硬漢子，他的自殺也正是他的秉性決定；硬漢子對於死並不認作是委屈、是恐懼，而是一種解放，一種完滿，是視死如歸，誠然死得不偉大，其悲壯也足以驚心動魄。」

再一位讀者來信，詢問為什麼老寫一群「好人」呢？

賈平凹說：「這問題以前就有人提過，生活如此。作為人，人人都是一樣的，不易區別的，而往往在事情關鍵之時，或是一瞬間裡，真、偽、醜、美才能凸現。人在這個世界上，不僅僅是征服著外界而爆發出光輝，出奇的是在征服著自己本身時顯示了人的能量。天狗是山地人，忠厚能幹，又靈醒乖覺，他不是英雄人物，但也不是下流坯子；井把式是一個硬漢子，天狗也該算作一個硬漢子吧？」

還有一位讀者來信，對於敘述語言中人物角度的變化感興趣。

賈平凹說：「這實在是錯愛。敘述語言，尤其交代事情過程的語言，一向令我頭痛，寫起來總覺得還未說清，別人讀起來卻感到太囉唆冗繁。我吸收當今頗為流行的一些方法，但不想生搬硬套，亦不想自己跳出來議論，便這麼不停地變化人物角度，以其身分發感慨，又全然是以其感覺為依據。這樣，沒想則有了一些淡淡的味道，或者說有了一點小小的冷的幽默，令我阿彌陀佛。」

再又有一位讀者來信，說他讀時感受到了詩的東西，卻又說不出詩在哪裡。

賈平凹說：「這似乎令我難以啟口。我一直認為詩人並非一定須要寫詩，但弄文學的人卻一定要心中充溢詩意。詩意流動於作品之中，是不應提取的，它無跡可尋。這是不是一種所謂的『氣』呢？文之神妙是在於能飛，善斷之，善續之，斷續之間，氣血流通，則生精神。」

賈平凹最後說：「《中篇小說選刊》的同志打來電報，說要選載〈天狗〉，天狗將到沿海城市去，即是極開放的地方；我慌恐，天狗也慌恐，那裡的人們會不會嘲笑天狗呢？我感激選刊編輯部的同志，欣然讓他去。天狗要見見大世面了，或許對他的婚姻感到更滿意，或許會感到一種難言之苦吧！那麼，以後這個家庭前景如何？陰曹地府中的井把式把握不了，我也保佑不了，想任其發展，一切無言則好。」

這篇回答讀者提問的文章，是賈平凹一九八五年七月三日為《中篇小說選刊》轉載而作。賈平凹回答了讀者們的疑問，而三毛讀到這篇小說時，有沒有這些疑問呢？還是並不認同這些疑問？我們就不知道了。

好，我們再來讀下一篇小說〈遠山野情〉。這篇小說的名字原來是叫做〈金礦〉的，寫一個背礦的女人和一個背礦的男人。背礦的女人香香，嫁了無能的跛子男人，只好自己去背礦養家，收留了流浪漢吳三大一起背礦，三大是個好人，受傷後走了，女人香香離開跛子也走了，不知是不是去尋找三大了。

第三篇是〈黑氏〉。黑氏是一個模樣醜陋的窮苦農婦，對生活沒有什麼追求，唯有一日三餐平安踏實即可。婆家賺取了不義之財，丈夫嫌棄和踐踏，終於促使黑氏離開了暴發戶。黑氏嫁給了唯有一身蠻力的木犢，日子過得越來越好，然而她卻不再是當初那個心如止水的醜女子了。她盼前夫家崩塌，盼來順的情愛……

〈火紙〉的故事環境背景是安康的旬陽和白河。安康屬漢水流域，砍竹、竹排、茶社、火紙坊都是當地的特色經營，火紙坊女兒醜醜和少年阿季不小心發生了關係，醜醜悄悄墮胎，結果喪命，阿季得知後為醜醜點燃火紙，唱起悲歌。都說〈火紙〉是最像沈從文《邊城》的小說。陰與陽，男與女，紙與竹，水與火，生與死，開放與愚昧都被交織在一起，氤氳著滿紙的水意與哀傷。

〈古堡〉講述的是貧窮又不肯出力的山民，對先挖礦富起來的張家兄弟萬分記恨，受牛磨子蠱惑認為挖礦觸犯了山神，惹怒了麝，到張家哄搶討債，逼死嬰兒和張家老二。故事發生於商州東南，鄂豫陝交界之處，山高皇帝遠，為亂世土匪會集之地，舊時大戶於山峰之巔開石修堡，屯糧安身，如今古堡尤在，人心卻坍。

〈人極〉，更是一個詭譎蒼茫的故事。商南人光子，二十年前被父母指腹給洛南，洛南拉毛出生偏也是男兒，兩廂生世不能完婚，卻信緣法，認作兄弟。相互依靠，學得劁豬騸驢手藝，竄遊鄉間謀生。「文革」二年的一天，洛河漲水，兄弟兩人於水中救出一女，貌美，名曰亮亮。亮亮以身答謝拉毛救命之恩，光子得知，怒責拉毛，拉毛羞愧上吊。來年，商州大旱，田地龜裂，一個討飯女前來，央求光子收留，此女名曰白水，已有孕在身，不知何人所為。光子收留後，白水生下一子曰虎娃。又幾年，外鄉來人搶走白水，撇下光子與虎娃度日。又幾年，「四人幫」倒臺，有人領來一個女人給光子作老婆，此女竟是當年的亮亮，亮亮剛從監獄出來。光子與亮亮過在一起，光子陪亮亮四處告狀，終獲平反，重返教師職位，不久卻又患病而死，又只剩下光子與虎娃。夜，光子夢見一女子，女子告訴光子她是拉毛和亮亮的女兒。天明，光子想，這姑娘比虎娃大

一、二歲，大是大些，「媳婦姐」也是有的，白水不是就比我大嗎？一連半月，光子四處打聽女子，但四鄉八村皆說未見。

〈西北口〉是《天狗》這部小說集的最後一篇。這個故事發生在一個叫做雍州的地方，它是八百里秦川的西北口。故事情節我不想再介紹了，隨後大家自己找來看看，我把書裡的歌謠寫在這裡，大家自己去想像吧！

五月裡粽子油糕，六月裡麥麵麥草，七月裡瓜瓜果果，八月裡月餅坨坨，九月裡栗子核桃，十月裡糜麵發糕。

我們算是和三毛一起把《天狗》這本小說集讀完了。三毛說，她讀完之後長出了一口氣，然後說「您的故鄉，成了我的『夢魅』。商州不存在的。」

賈平凹在遍走商州之地時，是和他的朋友何丹萌一起鑽山走水的。何丹萌讀罷《天狗》裡的作品，不禁拍案叫絕。何丹萌說：「你這傢伙，那麼些個故事，到你手裡就能變成這麼好的中篇，你太神了。」

看到何丹萌的驚訝，賈平凹也有些得意，他說：「你以為呢？同樣的生活，看遇上誰呢！咱是誰？咱是弄啥的？」

第五章

隨後賈平凹又說：「你注意，不光是去擷取生活，更重要的是去體驗生活，要帶著一種藝術的眼光邊走邊看邊想。」

何丹萌說，作為作家，賈平凹是很會使用「酵麵」的，觀一瓢而見滄海，那是賈平凹過人的本事，他在《天狗》裡以及隨後寫的長篇小說《浮躁》裡不僅描寫了丹江放排、渡口橫舟等生活場景，最主要是透過人物表現了時代洪流泄入秦嶺腹地留下的印跡。

何丹萌說：「我和賈平凹到過那麼多的地方，聽了那麼多的故事，見了那麼多的人，卻沒有像樣的文字留下，想起來真是自慚形穢。」他對賈平凹說：「常常跟你浪，我算是白浪了一回。」

那時候，賈平凹一天到晚鑽在山裡面，還染上了一種病，叫「疥瘡」，發作時渾身奇癢難耐，指縫間也長出米粒大的紅痘。這是一種皮膚傳染病，偏偏讓賈平凹給得上了。

他後來又得上了肝病，也是在山裡染上的，肝病折磨了他很多年。

賈平凹關於故鄉商州的寫作，使他結束了創作上的流寇主義，開始有了「根據地」。他大量地寫商洛的故事，那時為了不對號入座，他避開「商洛」這個字眼，採用了古時這塊地方的名字：商州。於是《商州初錄》以及商州系列作品就接二連三發表了。

隨著商州系列作品產生了影響，他才一步步自覺起來，長期堅守兩塊陣地，一是商州，一是西安，從西安的角度看商州，從商州的角度看西安，以這兩個角度看中國，而一直寫到了現在。

他的老師費秉勳說：從一九八五年的《天狗》開始，悲劇意識又回到賈平凹的創作中來，無論從現代意識的伸張還是從悲劇意識的勃發看，賈平凹的悲劇性小說明朗地表現了對美和善的謳歌，像聖潔的菩薩、光明的月亮一樣。

悲劇的藝術氣質，這一點是不是也成為打動三毛的地方呢？

第三節　給三毛選書之二

三毛對孫聰提到的另一本書就是《浮躁》。

《浮躁》是賈平凹「商州系列」的第二部長篇作品，他的第一部長篇小說就叫《商州》。這仍然是一本關於賈平凹故鄉商州的書，記述了一條河上的故事。

《浮躁》以農村青年金狗與小水之間的感情經歷為主線，描寫了改革開放初期暴露出來的問題，以及整個社會的浮躁狀態和浮躁表面之下的空虛。

老師費秉勳給予一如既往的肯定，費秉勳說：《浮躁》是賈平凹創作歷程上一部最重要的作品，它是賈平凹創作的一次大綜合。十幾年來，賈平凹大量的短篇和中篇，共達三百萬字。而這部作品比他此前的任何都恢弘廣博，生活容量大，內蘊也比過去的任何一部作品深刻豐富。

他的好朋友孫見喜，當然是最了解這本書的。這本書於一九八七年第一期的《收穫》雜誌上全文刊登，同時，作家出版社也出版了《浮躁》的單行本。這是賈平凹的第二十二部著作。一九八七年，他才三十五歲。

在賈平凹的《浮躁》原稿寄出前，孫見喜就先讀了原稿，身為和賈平凹一樣在商州長大的農家子弟，他當然對商州文化有著切膚的感受；身為作家和編輯，他當然也對當代中國小說有自己的見解。

孫見喜說他看了《浮躁》，三日無言。稍後，孫見喜便寫出了「祕不示人」的評價。他認為：《浮躁》一書對扭變時代的人事、物事進行了果敢的譴責，同時於文理章肌間又對某種社會意向抱有希望，這是當代中國第一部譴責小說。

「譴責小說」，孫見喜對於《浮躁》的這個評價，可不尋常。他隨後還出版了一本《「浮躁」點評本》。

對《浮躁》這本書，賈平凹自己也有說法。

他說：這仍然是一本關於商州的書，它已經不是地圖上所標誌的那一塊行政區域劃分的商州了，它是虛構的商州，是我作為一個載體的商州，是我心中的商州。而我之所以還要沿用這兩個字，那是我太愛我的故鄉的緣故罷了。

他說：在這本書裡，我寫了一條河上的故事，這條河我叫它州河。

他說：商州的河流幾乎都發源於秦嶺，後來都歸於長江，但它們明顯不雷同於北方的河，亦不是所謂南方的河。古怪得不可捉摸，清明而又性情暴戾，四月五月冬月臘月枯時幾乎斷流，春秋二季了，卻滿河滿沿不可一世，流速極緊，非一般人之見識和想像。若不枯不發之期，粗看似乎並無奇處，但主流道從不蹈一，走十里滾靠北岸，走十里倒貼南岸，故商州的河灘皆寬，「三十年河東，三十年河西」的成語在這裡已經簡化為一個符號「S」代替，陰陽師這麼用，村裡野叟婦孺沒齒小兒也這麼用。

他說：我的這條州河便是一條我認為全中國最浮躁不安的河。

第四節　為三毛選的兩本散文集

孫見喜對賈平凹說：「這兩本書，都是小說，一個長篇，一個中篇集，都是三毛喜歡的，咱挑出來了，是不是還應當再寄一些你的散文。」

賈平凹說：「我也正這麼想呢。」

孫見喜說：「你的散文也多，也要好好挑一挑哩。三毛可是專門寫散文的，不能讓人家對咱失望了。」

賈平凹想了想說：「那就寄新近出版的《人跡》吧！」

孫見喜說：「我覺得灕江出版社出的《賈平凹散文自選集》比較好。這個選本是你和散文家彭匈一塊商定的，彭匈又是這本書的責任編輯。內容也很全，很有代表性。而且，這本書分了五個部分，分別是《月跡》、《愛跡》、《心跡》、《蹤跡》、《文跡》，剛好配上你新出的這個《人跡》，這下你的『跡』就全了。」

賈平凹說：「好。這兩本合在一塊，三毛基本上就能看到我的散文全面貌了。我也很想聽聽她對我的散文是咋評價的。」

《賈平凹散文自選集》是厚厚的一本書，約有五十萬字，封面尤其設計得漂亮，就是一張賈平凹的剪影照片，深藍色的底色，陰白的部分是賈平凹的臉和手，衣著就只是兩條白線，下面是「賈平凹」三個字，是賈平凹自己的手跡，左邊豎著一行粉色的字：賈平凹散文自選集。

年輕的賈平凹面容是悲戚的、憂傷的，令人望之心痛的那種。整個封面設計很有藝術感。這本書由灕江出版社出版，一九八七年首印，是賈平凹的第一部散文合集。

孫犁為這本書作的序。孫犁寫道：

> 這位青年作家，是一位誠篤的人，是一位勤勤懇懇的人。他的產量很高，簡直使他驚異……他像是在一塊不大的園田裡，在炎炎烈日之下，或細雨濛濛之中，頭戴斗笠，隻身一人，彎腰操作，耕耘不已的青年農民……賈平凹是有根據地，有生活基礎的。是有恆產，也有恆心的。他不靠改編中國的文章，也不靠改編外國的文章。他是一邊學習、借鑑，一邊進行嘗試創作的。他的播種，有時僅僅是一種試驗，可望豐收，也可遭歉收。可以金黃一片，也可以良莠不齊。但是，他在自己的耕地上，廣取博採，仍然是勤勤懇懇、毫無怨言，不失信心地耕作著。在自己開闢的道路上，穩步前進……我是喜歡這樣的文章和這樣的作家的。所謂文壇，是建築在社會之上的，社會有多麼複雜，文壇也會有多麼複雜。有各色人等，有各種文章。作家被人稱作才子並不難，難的是在才

子之後，不要附加任何聽起來使人不快的名詞。

……

《賈平凹散文自選集》還有一篇序言，稱之為序二，是賈平凹的恩師費秉勳先生所作。

費秉勳老師在《賈平凹散文自選集》序言中寫道：

賈平凹散文涉及面廣，形式搖曳多姿，變化多端，常常讓評論家感到頭痛。他認為，賈平凹散文的核心是詩意。他始終把詩書畫作為培根養基、修身養性之本，執著地愛著。古今中外，那些流傳久遠、膾炙人口的散文都有一個共通點，那就是蘊含著令人回味無窮的詩情畫意……詩意是藝術的血液和魂靈，而散文和詩又是文學中最親近的兩朵姐妹花，正如蘇聯作家帕烏斯托夫斯基指出的：「真正的散文是充滿詩意的，就像蘋果包含著果汁一樣。」賈平凹的散文中充盈的蔥蘢詩意，正是其藝術的生命所在。

不久之後，三毛自殺，她的父母在三毛的病床櫃子上發現了這本書，這是三毛臨終前看的一本書，三毛在生命最後時刻寫給賈平凹唯一的書信中寫道：

想我們都是書痴，昨日翻看您的《自選集》，看到您的散文部分，一時裡有些驚

嚇。原先看您的小說，作者是躲在幕後的，散文是生活的部分，作者沒有窗簾可擋，我輕輕地翻了數頁。合上了書，有些想退的感覺。散文是那麼直接，更明顯的真誠，令人不捨一下子進入作者的家園……今晨我再去讀。以後會再讀，再唸，將來再將感想告訴您。

三毛說讀到《自選集》時，「一時裡有些驚嚇」，三毛用的詞是「驚嚇」。我無法知道三毛究竟被他的文章哪一點驚嚇了，所以，就把孫犁的文章和費秉勳先生的評論放在這裡，從這裡尋找到一點蛛絲馬跡，去管窺蠡測一下三毛讀賈平凹這本書的心情和她的「一時裡有些驚嚇」。

孫犁和費秉勳的序言之後，賈平凹自己也寫了一篇序言，不過是用詩的形式。現在人們差不多都快忘記他曾是一個詩人了，早年，他的文學起步就是從寫詩開始的。一九八〇年代，詩人，那是一個很令人崇拜的名號。可以不會寫小說，可以不會寫散文，但一定要會寫詩，詩人和詩在那時具備著高山仰止的神性之光。

賈平凹的詩是這樣的：

〈天地〉

（一）

第五章

有多少水
你就有多少柔情
有多少雲
我就有多少心緒
水升騰成雲
雲降落為水
咱們永遠不能相合

（二）

天黑了
日子多寂寞
月亮是我們的眼
我看著你
你看著我

夜夜把相思的露珠淌著

（三）

愛使我們有了距離

距離使我們愛的永久

一九八三年春作於靜虛村

順便說一下，《賈平凹散文自選集》出版以後，大受歡迎，很快銷售一空，一九九一年又進行了再版，再版時加入了賈平凹的〈哭三毛〉、〈再哭三毛〉和三毛寫給賈平凹的信，賈平凹為此特地作了說明，以後記的形式。

他寫道：

這本選集是一九八七年以前的作品，清樣打印出來時我去了桂林及西南幾個省分，完成了我最遠的一次旅行。

一九八八年我就病了，在醫院裡幾乎躺過了我的三十六本命年。我寫散文，多是心緒不好的時候開筆，病中及病後，也就有了另一批散文作品。回頭看看，以本命年為界，也可以說以大病前後，散文的境界是不同的。本命年如果是坎，坎於人生是很重要的，大病也是人生的好事，是難得的哲學。但這本選集我仍珍重。我感動著讀者對它的喜歡，肯拿出不少的錢去買它，又不斷地給我來信抱怨書店的訂貨太少。現在灕江出版社決定再版，我借此向敬愛的讀者朋友致意，也向當年在全國敢於第一回印這麼厚的散文選集和這次為再版而作出許多繁雜工作的灕江出版社的彭匈先生、朱新平先生致以衷心的感謝。

籌劃再版事宜時，恰是臺灣著名作家三毛逝世的消息傳來，且三毛在臨終前給我寫了長長的一信，傾訴了她在人生與藝術中的渴求和寂寞。三毛死於天才的孤獨。凡進入大境界的人都是孤獨的。她的自殺於她或許是一種解脫的最好方式，留給讀者和我的卻是長長久久的痛惜。出版社意欲借此再版收進三毛給我的信件及我兩篇悼念她的文章，我是同意的。這本書我曾寄給過三毛，她是在收到的當日就看了一部分，她來信說她繼續要看，且要將讀後感以後告訴我，卻不料就在一兩天後去世了。我願將此書的再版本再獻給她，寄託我們短暫而終生不能忘卻的友誼。

一九九一年二月八日早

《賈平凹散文自選集》裡在《心跡》部分收錄了兩個重要作品，就是〈商州初錄〉和〈商州又錄〉。後來，賈平凹又寫了〈商州再錄〉，被人們稱作《商州三錄》。

〈商州初錄〉中，賈平凹以遊蹤日記的形式深情摹寫了故鄉的山川地理、風俗人情、歷史掌故以及民間傳說。〈商州初錄〉是賈平凹商州藝術世界的底座，從〈商州初錄〉出發，賈平凹打通了與故鄉的聯繫，建立起了相當宏大的商州藝術世界。

他說，商州成就了他的存在。的確，商州寫作也成就了讀者對他最初的喜愛，他從商州出發，並和商州一起走向了更加廣闊的視野裡。

《人跡》是一本小書，也不厚。大約有九萬多字，收錄了十八篇文章，其中〈人病〉寫他在病中的心情，還有一篇〈祭父〉，寫對苦難父親的懷念，寫於一九八九年十月十三日，賈平凹特地注明是父親去世後的第三十三天，「五七」之前。還有一篇〈退婚〉是以對話的形式寫了一個故事，是他散文寫作極少有的形式，是他的一個嘗試和創新。

還有一篇〈太白山記〉是一個重要的篇目，之後很多出版賈平凹散文的，皆以《太白山記》為書名，把它從紛繁的篇目裡提溜出來，而不是埋沒它，可見這篇文章的影響。〈太白山記〉沿襲著〈商州初錄〉的風格，以樸素的筆調記述太白山裡的奇人奇事奇景。如「寡婦」、「挖參人」、「獵手」、「香客」、「醜人」等，撩開了太白山神祕的面紗，讀之，彷彿跟著作者到太白山中探險一般，或者像在太白山中修了一回道一般，那仙氣和道氣也立刻附了體。

第五章

賈平凹一定也很鍾愛自己這本小書吧！他為這本書寫了序，又寫了跋。

我們先來看一下序：

「人跡板橋霜」。這是半句唐詩。所有的唐詩釋本中，編撰者都在說：此為實寫旅人在寒霜未褪的黎明離開了一個叫板橋的地方。板橋確實是一個地名，今尚在我的故鄉商州的城北，但我總不以這種解釋為然。唐人有個杜甫，作詩類如在白紙上寫黑字，也有一個李賀，卻作詩類如黑紙上寫白字，那麼，溫庭筠一定在效李詩旨寫人生之艱辛了。試想，人的一生怎不是在行走一個後是蒼崖前是黑林、上有夾峰下有深淵、霜在滑風在扯、戰戰兢兢移移挪挪裹腳難邁的獨板之橋呢！

所以《人跡》之集，我便要寫這「板橋霜」了。板上有霜，但畢竟是橋，是橋就得從此岸去彼岸。如果在橋上看頭頂之上的高天有浮雲若鷹若鶴，看冰清的月亮走一步隨一步永伴不離，聽橋下流水嗚濺，聽鳥叫風前，視霜為粉為鹽為光潔乳白的地氈，再欣賞欣賞遠處的樹影斜荷、橋面款款而動的圖案，你一時不知水在下走還是橋在上移，是橋面在晃還是樹影在浮，一搖一擺，搖搖擺擺，你不禁該笑一句「嘻，真個做仙！」這便是幽默，有幽默則是人生進入大境界了。於是，我說，在有霜的板橋上走著，走著是美麗的，美麗的走著就是人跡。

一九八九年十一月十五日識

《人跡》這本書的跋，應當是比序更不能忽視的一篇文章，跋一上來就寫道：

這是我大病後所整理的第一部書稿。從去年開始了一年另兩個月的病院生活，長篇小說是不能繼續寫作了，長長的孤寂同病毒一起在折磨我……既然這些文章大部寫於病床，它散發著藥味，或許觀點偏頗，或許用情亢奮，都不同程度的有著久病之人的變態情緒，但絕不是「無病的呻吟」。

他的這些話，非常有助於我們研究他的作品。他的這篇跋文，寫於一九八九年十一月十五日夜裡，一年之後，他就和三毛產生了聯繫。

第五節　記者追蹤

關於賈平凹寄給三毛的四本書，我們介紹得夠清楚了，現在讓我們來到西安鐘樓郵局，回顧一下賈平凹寄書給三毛的過程。

賈平凹向郵遞員遞過去四本書，剛一轉身，就被一記者攔住。此記者服飾洋派，操一口廣東式普通話。此乃一香港記者。

第五章

香港記者問賈平凹：「請問您是賈平凹先生嗎？」

賈平凹平靜地說：「我是。請問你是……」

香港記者一看果真是賈平凹，沒有認錯，馬上說：「我是香港《愛之聲》報的記者，我叫林豪友。」不等賈平凹詢問又急促地說：「我們是一家小報，但我們的報紙專門刊登名人的愛情故事。我們得知三毛要來西安見您，她一定是愛上了您，請問，您喜歡三毛嗎？您會接受她的愛嗎？我們還聽說，您的婚姻也出現了問題，您正在鬧離婚，是因為三毛嗎？」

賈平凹一聽如此論調，立刻火冒三丈，他說：「你們的消息真是靈通呀！報紙才剛剛登出來，你們就從香港趕來了。」

香港記者馬上說：「那您的意思是說，您和三毛的愛情故事是真的了？三毛愛上了您，您也愛上了三毛。」

真是越說越不像話了，賈平凹提高了音量：「你的說法完全是無稽之談，目前為止，我連三毛的面都還沒見過呢！」說完他便想離開香港記者。

香港記者窮追不捨，跟著他邊走邊說：「可是，她很快要來見您了，這是她自己說的，你們陝西的記者採訪的，報紙也登出來了。這個您不否定吧？我想您一定會和她見面的，是不是？她愛上王洛賓了，也一定會愛上您的。您和王洛賓都是富有詩情的人，而三毛也是，您和三毛，也一定會演繹出另一種奇異的愛情。我們都期待著。」

香港記者一口氣說了一大堆，賈平凹站住了，香港記者也站住了。賈平凹從口袋裡拿出一盒菸，抽出一支，點燃了，吸一口，吐出一圈煙霧。他覺得自己平靜下來了，才不緊不慢地對香港記者說：「三毛只說讓我給她寄書，喜歡我的書，如果你們就此捕風捉影，是不是就庸俗化了？拿莫須有的事情來說事，也很無聊。」

香港記者還是很不甘心，又說：「那我們是不是也可以把三毛對您的喜愛看作是一種精神戀愛，你們大陸人不是常常讚美崇高的愛情嗎？」

賈平凹說：「如果你一定要堅持傳言，無中生有，那我只有拒絕你的採訪了。」他「噌」地又劃著一根火柴，舉起亮光在空中繞了一下，點燃菸，深吸一口，又呼呼地把煙氣噴到空中。然後他把未吸完的菸扔在地上，用腳壓著踩了幾下，轉身離去。

香港記者望著賈平凹離去的背影，大聲地說：「您等著看吧！您和三毛，一定會有故事的。」

香港記者對賈平凹窮追不捨的時候，孫見喜也是在旁邊的，他想解救賈平凹，奈何

第五章

這記者過於執著，反應又快，使他半天插不上話來，只好眼睜睜看著賈平凹孤軍奮戰。

第六章

第一節　鳴沙山

現在，讓我們跟隨三毛的腳步來到甘肅敦煌的莫高窟。

在敦煌，在莫高窟，在鳴沙山，三毛作出了一個重要決定，就是她死之後，把她的一半骨灰放在鳴沙山。因為這裡也有沙漠，她和荷西最甜蜜的生活是發生在沙漠裡，而鳴沙山的這片沙漠正是帶給她無限回憶的地方。

後來，我們的男主角賈平凹也專程來了一趟鳴沙山，為的就是尋找三毛的衣冠塚，為的就是祭奠一個難得的知音。

還是一九九〇年的四月，嘉峪關機場。三毛離開西安並沒有直飛烏魯木齊，中途她聽到鄰座說了「嘉峪關」三個字，她便立刻要在嘉峪關機場下飛機。

三毛和米夏一同走出機場，邊走邊說。還是米夏陪著她，她對米夏說：「一路上舟

第六章

車的確緊張，行色匆匆，總感覺人和天有著什麼關係。」

米夏說：「到了西北，這裡空氣稀薄，我勸您不要亂想。您要小心您的心臟。」

在嘉峪關的城關口，三毛向那寸草不生的荒原奔去，展開手臂。啊！這就是大西北，它是大地的氣勢！

米夏站在三毛身後的遠處對她大喊：「這裡的氣溫接近零度，您要注意。」

三毛也大喊著：「可是生命又開始了它的悸動，靈魂甦醒的滋味，我要品嘗。」她這樣說著的時候，突然流出了眼淚，她帶著一臉的淚光尖叫起來。

眼前就是沙漠，腳踩著細軟的沙子，她又喃喃自語了——很多年了，自從離開了撒哈拉沙漠之後，不再感覺自己是一個大地的孩子、蒼天的子民。很多人對我說：「心嘛，住在擠擠的臺北市，心寬就好了呀！」我說：「沒有這種功力，對不起。」

穿過沙海，三毛大步走向城牆，又突然跑了回來，跑到米夏身邊。她渾身發抖著。

米夏驚訝地說：「三毛，是太冷了嗎？」

三毛說：「不是，很快樂。跑跑就會平靜下來的。」

在萬里長城的城牆上，別人都在看牆，三毛仰頭望天。三毛說：「天地寬寬大大、厚厚實實地將我接納，風吹過來，吹掉心中所有的捆綁。」

三毛跑到無人的一個角落去，她長嘯了一聲「哦啊……」，這一聲不要緊，卻嚇到了躲在轉角牆邊的一對情侶。三個人對視了幾秒鐘，三毛咯咯笑著又朝沙漠狂奔而去，並沒有向那對情侶道歉。三三兩兩的遊人在她前面正追逐嬉耍，他們也在跑著玩。三毛大笑了起來。

一瞬間，三毛的表情卻又凝重起來，她想自己眼下行走在茫茫沙漠裡，是獨獨的一個人。她的腦子裡響起了一種音樂，是塤的樂音，低沉、幽微，嗚嗚嗚的，有點像是誰在哭。

她讓自己停在沙漠裡，又喃喃自語：「這一切是真的嗎？我看到的，這茫茫的沙海，這沒有雲的天空。我怎麼又開始了旋轉？我看見沙海裡有個什麼裹住了我，那麼明顯的漩渦。真的，我不能不旋轉，旋轉。我這是在做夢嗎？這夢是真的還是假的？我被捲進這夢境裡，不能控制。它們像鬼魅一般，占住了我全部的思緒。」

三毛在旋轉。她此刻會不會又想到了賈平凹？那個她特別喜愛的大陸作家。她讀過他的一些書，想起他也在沙漠裡行走過。

賈平凹說：「這裡應該是雲，雲卻總是不虛；這裡應該是海，海卻永無水流。或

第六章

許，這是上萬年億萬年以前的事了，留給現在的，是沙的世界，卵石的世界。風在行走，看得見的是沙柱的移動，這是獨特的孤煙，是天地自然宇宙的意志的巨腳。」

三毛心想，賈平凹他也到沙漠裡來過，他是這樣看沙漠的。他比我看得清朗、灑脫。

忽然間，又一個幻影出現了。那是荷西。荷西就在三毛身旁，虛虛實實的，聲音清晰，人卻模糊。荷西走過來，雙手在三毛身後環住了她。

荷西的聲音傳來：「以後的一分一秒妳都不能忘掉我，讓它來替妳數。」

三毛對著空中說：「荷西，我愛你！」

荷西似乎沒有聽到，荷西說：「三毛，妳說什麼？大聲一點。」

三毛說：「我說，我愛你！」

荷西說：「等妳這句話等了那麼多年，妳終是說了！」

三毛說：「今夜告訴你了，是愛你的，愛你勝於自己的生命，荷西——」

三毛的眼前又出現了大海。大海邊，三毛對荷西說：「荷西——我說，要是我死了，你一定答應我再娶，溫柔些的女孩子好，聽見沒有——」

第一節　鳴沙山

荷西說：「妳神經！講這些做什麼——」

三毛說：「不神經，先跟你講清楚，若不再婚，我的靈魂永遠都不能安息的。」

荷西說：「妳最近不正常，不跟妳講話。要是妳死了，我一把火把家燒掉，然後上船去漂到老死——」

三毛說：「放火也可以，只要你再娶——」

荷西縹縹緲緲而去。三毛的眼前依然是一片沙漠，無邊無際。

三毛又尖叫起來：「寶玉，原來你在這兒。」

三毛在沙海裡旋轉，暈，昏眩。她像是被什麼蠱惑了一樣，淨說些自己也不明白的話。

不好了，今生被這本書迷得太厲害，這不是發瘋了嗎？為什麼一到大陸，看見的人全是它的聯想，包括大西北，扯上了寶玉和出家。

她想讓自己趕緊清醒過來，拿出噴水小壺來，往臉上拚命噴涼水。

奇妙的是，三毛竟然在這裡碰到了在西安街頭賣工藝品的青年，那個送給她瓷器、被她取名叫「青蛙」的畫家。那個青年說要到莫高窟來畫壁畫，他果然來了。

第六章

青年畫家說：「我認識妳。」

三毛笑著說：「那麼我是誰？」

青年畫家說：「妳是三毛。」

三毛說：「你在試探我連你也不認識了嗎？也忘記了嗎？」三毛對青年畫家笑笑，不語。

青年畫家伸出自己的手：「妳看，妳寫在我手心的字還在。」

三毛說：「啊，我們終是見面了。」

青年畫家說：「妳忘記了嗎？我說過的，若有緣，定相見。」

三毛眼盯著畫家，卻又開始自語：「我覺得疲倦如同潮水般淹住了我，我以為，你會說，你認識我——因為我是你的三姐探春，不然，不然……好歹我也是當年你們大觀園裡的哪一個人……」

青年畫家順著三毛的話說：「妳還是黛玉，是妙玉，是晴雯。」

三毛說：「你說，我究竟是誰？」

青年畫家說：「妳是三毛，獨一無二的三毛。」

三毛說：「我看你是一座涅槃像。」

青年畫家說：「妳忘記了嗎？我是青蛙。」

三毛有些恍惚地說：「噢，青蛙，你恬散的笑容，如同一朵蓮花緩緩地開放。」

青年畫家轉過了身。

三毛驚覺道：「寶玉消失了。噢，他不是。」

這時，一群人把三毛圍了起來，有人認出了三毛。有人向三毛提問：「三毛老師，西安兵馬俑和敦煌莫高窟比起來，妳怎麼想呢？」

見到有人提問，三毛感覺意識回到了身體上。她清晰地回答說：「古蹟屬於主觀的喜愛，不必比的。嚴格說來，我認為，那是帝王的兵馬俑，這是民間的莫高窟。前者是個人野心和欲望的完成，後者滿含著人民對於蒼天謙卑的祈福、許願和感恩。敦煌莫高窟連綿興建了接近一千年，自從前秦苻堅建元二年，也就是西元三六六年開始……」

人們認真地聽著，很崇拜的樣子，三毛卻一下子紅了臉，停住了。

三毛說：「其實，講的都是歷史和道理。那真正的神祕感應，不在莫高窟，自己本身靈魂深處的密碼，才是開啟它的鑰匙。」

第六章

青年畫家把三毛帶到了敦煌石窟像前。三毛驚訝地說：「我是站在這千年洞穴莫高窟的壁畫面前了嗎？」青年畫家肯定地點點頭。三毛卻突然說：「我的生命，走到這裡，已經接近盡頭。不知道日後還有什麼權力要求更多。」

青年畫家驚異著三毛的話，他看著三毛的黑眼圈，說：「您昨晚一定沒有睡好，妳的眼睛……」

三毛說：「敦煌的夜，我獨自在房間裡，對著一件全新的毛線衣——石綠色的，那種壁畫上的綠——靜靜地發愣。天，就這麼亮了。」

青年畫家說：「您在這裡像是變了一個人。」

三毛笑著掠了一下順溜的頭髮，豎豎外套的領子，她說：「過了今天，還會再有更大的變化。」

三毛和青年畫家來到敦煌市東南方鳴沙山東面斷崖上的莫高窟。

三毛對畫家說：「你得幫我了，你這個青蛙，你是畫壁畫的，肯定認識這間研究所的人。待會兒，我要一個人進洞子，我要安安靜靜地留在洞子裡，並不敢指定要哪幾個窟。我只求你把我跟參觀的人隔開，我沒有功力混在人群裡面對壁畫和彩塑，還沒有完全走到這一步。求求你了……」

青年畫家遲疑著，三毛又說：「今天對我是一個很重要的日子。」

她把目光投向對面莫高窟連綿的洞穴，一陣眼熱，哭了。

洞窟裡，一位西北女孩輕輕為三毛打開了第一扇洞穴的門，三毛遲疑了幾秒鐘。

西北女孩熱情地問需不需要講解。三毛說：「我持續看過很多年有關莫高窟的書，還有圖片。」意思是說不需要講解。

青年畫家悄悄地拉了三毛一下，三毛慢慢走進去，把門和陽光都關在外面了。三毛靜靜地站在黑暗中。深呼吸，再呼吸，再呼吸……

三毛打開了手電筒，昏黃的光圈下，出現了環繞七佛的飛天、舞樂、天龍八部、脅持眷屬。三毛看到畫中燈火輝煌、歌舞翩躚，繁華升平、管弦絲竹、寶池蕩漾……壁畫開始流轉起來，視線裡出現了另一組好比幻燈片打在牆上的交疊畫面……

在三毛眼裡，一個穿著青色學生制服的女孩正坐在床沿自殺，她左腕和睡袍上的鮮血疊到壁畫上的人身上去……

三毛自語著：「這個少女一直長大、一直長大，並沒有死。她的一生電影在牆上流過，緊緊交纏在畫中那個繁花似錦的世界中，最後，它們流到我身上來，滿布了我白色的外套。」

三毛看著看著，大叫一聲熄了手電筒光。她自語著，他們都說我沒有病，沒有病。

三毛說，心理學的書上講過：人，碰到極大衝擊的時候，很自然地會把自己的一生從頭算起……在這世界上，當我面對這巨大而神祕……屬於我的生命密碼時，這種強烈反應是自然的。

又走一窟，是一座彌勒菩薩的巨大塑像，三毛匍匐在彌勒菩薩巨大的塑像前，她對菩薩說：「敦煌百姓在古老的傳說和信仰裡認為，只有住在兜率天宮裡的祢『下生人間』，天下才能太平。是不是？」

雖然在黑暗中，三毛仍感覺菩薩臉上大放光明燦爛，眼神無比慈愛。三毛說：「我感應到菩薩將左手移到我的頭上來輕輕撫過。」菩薩微微地張了口。

三毛哭了。

菩薩微笑著對三毛說：「妳哭什麼？」

三毛說：「苦海無邊。」

菩薩又說：「妳悟了嗎？」

三毛不能回答，一時間熱淚狂流出來。三毛在彌勒菩薩的腳下哀哀痛哭不肯起身。

菩薩說：「妳不肯走，就來吧！」

三毛說：「好！菩薩，這時候，我心裡的塵埃被沖洗得乾乾淨淨，我跪在光光亮亮的洞裡，再沒有了激動的情緒。多久時間過去了我不知道。」

菩薩又笑了。

三毛說：「請菩薩安排，讓我留下來做一個掃洞子的人。」

菩薩嘆了口氣說：「不在這裡。妳去人群裡再過過，不要拒絕他們。放心放心，再有妳來的時候。」

聞聽此言，三毛跌坐在地。她的耳畔轟響著菩薩的話：「來了就好，現在去吧！」

從洞中出來，三毛、畫家、解說員站在結冰的河岸邊，河岸邊是一排排的白楊樹，組成了一個小樹林。四月的敦煌是寒冷的，白楊樹依然枯枝老幹，沒有新芽。

三毛對青年畫家說：「青蛙，為什麼我看過的這些洞子裡，只有那尊彌勒菩薩的洞開了天窗，這樣不是風化得更快了嗎？菩薩的臉又為什麼只有這一尊是白瓷燒的呢？」

畫家說：「沒有天窗，也不是瓷的。」

三毛說：「我明明沒有舉手電筒，卻分明看到有明顯的強光直射下來，看得清清楚楚。」

畫家看著三毛說：「我不知道。是不是太高了？裡面暗暗的，看不清楚什麼。」

三毛說：「這又是一次再生的靈魂了，不必等待那肉身的消亡。」

女解說員說：「三毛老師，我得謝謝妳，當初我對象嫌我收入不高又在這麼遠離人煙的地方工作，不肯答應和我結婚，後來他看了妳的書，受到了感動，就同意了。現在呀！胖兒子都有了，謝謝妳的大媒。」

三毛握住解說員的雙手，眼裡充滿了笑意。

三毛問解說員：「妳想過離開嗎？」

解說員說：「想過。真走到外邊兒去，又想回來。這是魔鬼窟哦——愛它又恨它，就是離不開它——我想您在撒哈拉也是這樣的感受吧？」

三毛說：「你們這裡有沒有講西班牙文的接待員？」

解說員說：「我們這裡什麼語的都有，就是缺了一個西班牙文的。」

第一節　鳴沙山

聞聽此言，三毛心跳加快。用手去揉胸口。

黃昏了，三毛和畫家在莫高窟外面的大泉河畔那成千的白楊樹林裡慢慢地走。很快，夕陽染紅了一大片無邊無際的沙漠。

畫家說：「妳看，那邊一個山坡，我們爬上去吧！」

山坡的頂上，那望下去沙漠瀚海如詩如畫如泣如訴一般地在他們腳下展開，直到天的終極。

三毛看著這一片銀輝，說：「哦……回家了。就是這裡了。」

畫家說：「妳打算留在這裡一輩子？」

三毛說：「對。留在這裡，留在沙漠裡。」

三毛認真地對畫家說：「要是有那麼一天，我活著不能回來，灰也是要回來的。青蛙，記住了，這也是我埋骨的地方，到時候你得幫忙。」

畫家說：「不管妳怎麼回來，我都一樣等妳。」

三毛說：「好，是時候了。」

畫家說：「為什麼我們今天說的話這麼悲戚呢？」

三毛說：「很多年以後，如果你偶爾想起了消失的我，我也是偶然想起了你，我們去看星星。你會發現滿天的星星都在向你笑，好像小鈴鐺一樣。」

畫家沉默著，含含糊糊地嗯了一聲。

三毛說：「記住我選的地方了？那個瞭望沙漠的小坡？」

畫家說，我記住了。

第二節　等待來信

一九九一年的一月四日，是個不尋常的日子，那一天，發生了一件事情，那是一個全世界都震驚的事件。這件事情，發生在我們的女主角三毛身上。

但，就在前一天的上午，賈平凹和他的朋友們像往常一樣，又聚集在了一起。

夕陽西下，絢爛的晚霞帶著即將落入渭河的不捨，極盡表演著最後的樂章。晚霞的光暈映照著城牆頭幾個人的臉和他們的身影，暮色蒼茫中，他們吹響了古老的樂器，使這一切的景象就像是一幅憂傷的圖畫。

塤樂演奏家劉寬忍根據賈平凹的小說剛剛創作完成了一首塤曲，叫〈風竹〉，他把

第二節　等待來信

大家請來準備在一起合奏一下，看看效果。為了把這首新曲弄好，賈平凹和他的老師費秉勳也下了工夫，他們一起把費秉勳的一米五長的古琴都搬到了城頭上面。

去年的一個深秋，因為父親的去世，苦悶傷心的賈平凹喜歡到城南的一片荒地裡遊蕩。某一天的日暮，他在荒地裡聽到一個很怪又讓他很是害怕的聲音，他想逃離那聲音，但卻不能，反而被那聲音像一根絲繩一樣牽引著，驚恐地走到那聲音的源頭。他見到了一個吹塤的人。

那個吹塤人，一身褐衣，在斷壁殘垣中，雙手捧著塤，他把塤舉到柔軟的唇邊，和塤的呼吸調整一致，於是，一種沉緩的幽幽之音便如水一樣漫開來。

賈平凹聞之，猶如置身於荒洪之中，有一群怨鬼嗚咽，有一點磷火在閃……

那個一身褐衣的吹塤人，就是劉寬忍，他是西安音樂學院的音樂老師。他吹著的樂器叫「塤」，是從明朝時起流落到民間的一種樂器。他每天都在荒地吹塤，賈平凹就每天到荒地來聽。他們成了好朋友。

賈平凹早已膩煩了那些過於華麗、喧囂的音樂，他認為這帶著土聲地氣的塤音更宜於他，他每聞塤聲，他的靈魂驚恐著卻又安妥著。

第六章

他說，塤是泥捏的東西，發出的是土聲地氣。現代文明產生的種種新式樂器，可以演奏華麗的東西，但絕沒有塤那樣蘊涵著的一種魔怪。上帝用泥捏人的時候，也捏了這塤，人鑿七孔有了靈魂，塤鑿七孔便有了神韻。

從小長在鄉間的賈平凹，並沒有多少音樂的薰陶，Do、Re、Mi、Fa、Sol、La、Si，他卻總只認作一二三四五六七。數年前，為了研究文學語言的節奏，他選了許多樂譜，全是在一張工程繪圖紙上標出起伏線來啟悟的。他一下子喜歡上了塤，由塤而喜歡上了音樂和唱歌。

他說，當他第一次聽到塤樂時，他渾身戰慄不能自已，以為遇見了鬼。聽了塤樂而去看樂器，明白小時候在鄉下常用泥巴捏了牛頭模樣的能吹響的東西也就是原始的塤吧？就覺得塤與他有緣分。現在，他的書房裡擺著一架古琴、一支簫、一尊塤，他雖然不能彈吹它們，但他一個人夜深靜坐時，撫著它們就有一種奇妙的感覺。古琴是很雅的樂器，他睡在床上常恍惚裡聽見它在自鳴，而塤則更有一種魅力，他只需簡單地把它吹響，每一次吹響，樓下就有小孩被嚇得大哭，他就覺得它召來了鬼，也明白了鬼原來也是可愛的。

賈平凹喜歡塤，喜歡它是泥捏的，發出的是土聲，是地氣。有了古琴，有了簫，有

第二節　等待來信

了塤，又有了兩三個懂樂譜會樂器的朋友，他們常常夜遊西安去古城牆頭奏樂。他們奏樂不是為了良宵美景，也不是要做什麼尋根訪古，他們覺得發出這樣的聲響宜於身處的這個廢都，宜於他們寄養在廢都裡的心身。中國的古樂十分簡約，簡約到幾近於枯澀，而這樣的樂器彈吹出這樣的聲響，完全是自己對著自己，為自己彈吹，而不是為了取悅別人。海明威說，冰山十分之七在水裡，十分之三在水面，中國古樂正是如此。

賈平凹常常反感雜噪浮躁，欣賞「口銳者，天鈍之，目空者，鬼障之」的話，所以，他一遇到琴、簫和塤，就十分的親近了。

賈平凹特別為劉寬忍的塤樂〈風竹〉寫了解說詞。

> 風竹（塤與古箏）：風以竹顯形。四面來風中，竹瀟灑、竹得意、竹尷尬、竹驚恐。適應於不適應中終歸不適應，有為於無為中而終無為。

這是一個合奏，少不了孫見喜的洞簫。天這麼黑了。燈光裡的城牆顯出城頭的輪廓，三角旗在黑夜裡模糊了。孫見喜怎麼還沒有來？

孫見喜終於來了，大家一陣責怪。孫見喜說：「我給你們一人買了一支洞簫你們不領情，還罵我？都是沒良心的。」

他放下肩頭的一個長布袋子，裡面果然有四支簫。他說：「你們誰看著哪個好就要哪個。」

大家問：「你是送我們的吧？送的就要，不送就不要了。」

孫見喜說：「當然是送的。」

賈平凹問：「今天老孫咋這麼大方呢？」

孫見喜說：「人家都說你吝嗇，沒人說我吝嗇的。」

劉寬忍說：「咋想起買這麼多呢？」

孫見喜便講了他剛剛在街頭「賣藝」的故事——

他說，走到西大街的時候，聽到前面有笛聲，就急步趕去，才見是一家樂器店大拍賣，一把銅軸二胡一百一十元，盒裝套笛七支才賣八十元。孫見喜看見樂器自然喜歡，又這麼便宜，於是便走不動，凝目在樂器上一個個地端詳。攤主就把一支笛塞到他的手裡，他吹了一下說音不太準。攤主頭一歪說：「你還知道音不準？看來是個行家了！」就又把一支洞簫遞到了孫見喜的手上，孫見喜說：「洞簫！我喜歡。」

在所有的民族樂器中，洞簫是孫見喜的最愛，他收藏洞簫四十年，家存的，從單節

第二節　等待來信

簫到九節簫、從A調到G調孫見喜全部都有。他甚至還自製過一管加鍵簫，他贈朋友禮物，也喜歡用簫，也不管人家會不會吹、喜不喜歡，反正他自己喜歡就希望別人也喜歡。特別是對待他的重要朋友，洞簫是孫見喜的傳統禮物。在西安文化界，已故散文家李佩芝、賈平凹的老師費秉勳，還有賈平凹，他們家裡都有孫見喜贈予的洞簫。

此刻孫見喜眼看著這麼多長短粗細花色各異的洞簫，又怎能不心動？

攤主說：「這是上海的，這是蘇州的，這是四川的，原本都是二三十元的，現在一律賣六元，只收個零頭。」

孫見喜問：「有渭南產的嗎？」

他知道渭南出產笛子，一般廠商能製笛就能製簫，他一直想見識一下陝西本地的洞簫。

攤主非常不屑地說：「渭南能製簫？你是『花攪』渭南人吧？」

孫見喜不想與攤主爭辯，就說：「你把蘇州的都挑出來讓我選一支。」

攤主一支支地取，孫見喜一支支地試吹，溫柔的空氣中飄出綿軟的樂音，於是，他的身邊聚了不少行人。

孫見喜最後選中了一支，音色柔美而準確，但外形猶感不足。他閉一隻眼，一邊從簫的頂端沿軸線瞄著，一邊說：「這支簫的末節有點兒彎。」攤主說：「行啦行啦你少給五毛錢算啦。」見孫見喜仍作遺憾狀，攤主又說：「不說啦，五塊錢給你，真真是賣柴火棍兒哩。」

孫見喜已經走了好遠了，想到這麼好的簫，這麼好的價格，便又倒回來替朋友們也一人選了一管。

冬日斜陽照在頭上，孫見喜的心裡很舒服，彷彿新結識了一位可人的女友。

他騎著腳踏車一路來到西城城門洞裡，卻有一堆人裡三層外三層地圍著一個少女，少女跪在地上，是十一二歲的樣子，面前的一頂破草帽裡有一把零錢；少女身旁坐著一個衣衫襤褸的老者，花白的鬍子上黏著鼻涕眼淚，他身邊的筐子裡裝著一些破爛。他向路人訴說：老家河南鄧縣遭了大水災，一家人死得只剩下他和小孫女……

趴在地上的少女不斷地磕頭不斷地哭，一些路人就駐了腳圍觀，有人在草帽裡放了零錢又安慰幾句，有人甚至脫下外衣披到少女身上；有個中年女人卻說這是哄人錢哩，別相信，許多人就一齊用憎恨的白眼仁看她，中年女人趕忙跑掉；更多的人只是瞥一眼就匆匆而過，未現同情之心。

孫見喜最見不得這種淒慘的場面。這時，正有一個賣粽子的推著三輪車經過，孫見喜走過去掏兩塊錢買了四顆粽子放到那老者懷裡，又幫他拉拉衣襟，他覺得他就是老者的兒子了。

老者感激的目光讓他無法離去，他想幫這老者和那可憐的少女。

孫見喜把那只盛著爛衣物的竹筐翻過來，坐上去。他的眼淚怎麼也止不住，他輕輕捧起新買的洞簫，一聲悲音從他的指間飄出，接著又一聲聲……他當街演奏了。

他吹奏的是一支古曲：〈孔子哭顏回〉。

他吹奏得那麼動人，立時，很多路人都開始駐足了。人們聽著，眼盯著這個戴著捲邊帽，頗有藝術氣質的人。

孫見喜這位作家，此刻成了街頭賣藝之人了。

簫聲幽咽，如泣如訴，引來了更多的人，前面圍觀的不走，後面路過的又圍上來。沒人說話。人們都在靜靜地傾聽，在看著，少女隨著簫聲磕頭，老者伴著簫聲作揖。一個人輕輕地在草帽裡放了五塊錢，許多人都跟著放錢，草帽裡出現了幾張十元的。有人嘆息著離去，說好好的一家人嘛，祖孫三代這麼流浪，成了災民，政府也不管管……

孫見喜講到這兒，大家都笑了，都說：「老孫，你心眼真好。」

賈平凹說：「等把寬忍的這支新曲排演好，你領上我們一起到城門洞裡去賣藝。」

大家一起說好主意。

第三節　平凹與三毛

他們演奏一陣，停了下來。賈平凹又陷入沉思之中。

費秉勳說：「平凹今天怎麼看著沒精打采的。」

孫見喜說：「我知道為什麼，他是在想三毛那件事，書寄給三毛是有一陣了，沒收到回信。」

賈平凹說：「也不知道我寄給三毛的書她收到了沒有？」

孫見喜說：「今天是一月三日，快半個月了，應該收到了吧！從大陸寄臺灣可能會慢一點，不要心急，再等等。」

第三節　平凹與三毛

賈平凹說：「這麼多年來，我在寫作中艱難地摸索，有人贊同，也有人詬病，但我寫我的民間不改，我信我的民族文化不改。三毛這麼個走遍世界的人怎麼會喜歡民歌？陝南的？新疆的？」

孫見喜說：「這就是你和三毛相通的地方呀！」

費秉勳說：「這個問題值得研究。三毛和你是完全不同類型的作家，創作背景和文化浸淫也大相迥異，她居然那麼看中你的作品，就此做一個比較研究，是可以豐富拓展賈平凹研究領域和空間的。」

孫見喜站起身，背著手，像在大廳裡面對聽眾做演講一般，侃侃而談的架勢。

他說：「三毛原名叫陳平，名字中有個『平』字，你叫平凹，名字中也有一個『平』字。自從看了孫聰的那個報導，我也一直在想這個問題，大陸那麼多的作家、作品，為什麼卻偏偏看上你？」

劉寬忍說：「『平』是個好字，平安、平和、平順，中國人都愛用這個字做名字。三毛是四歲才到臺灣去的。她生在大陸，也是中國人，名字裡用個『平』字很正常呀！」

第六章

費秉勳說：「名字都是起的，都有父母美好的寓意和寄託在裡頭，這個說明不了什麼，老孫。」

孫見喜說：「我對三毛作了一番研究，還發現了一個和老賈相同的一點。你們猜猜是什麼？——你們肯定猜不出來。」

不等大家說，孫見喜就說：「三毛和老賈的生日在同一天！」

「真的？不可能吧！」大家齊聲說。真有這麼巧的事？

孫見喜說：「老賈出生在一九五二年的二月二十一日，三毛出生在一九四三年的二月二十一日。老賈生在陝南，三毛生在南京。地名裡都有一『南』字。」

賈平凹聞聽此言，也很吃驚，他本來是「長安樂社」四人中最相信鬼神、相信神祕力量的人。他向費秉勳請教《邵子神數》多日，自己也有了領悟，早已開始替人看相、算命、拆字、看手相了。

孫見喜接著說：「不過，你的生日是農曆的，就是不知道三毛的是農曆還是陽曆？反正都是二月二十一日。」

二月二十一日，賈平凹掐著指頭默默算著。一會，他又把幾個數字寫在費秉勳的手

第三節　平凹與三毛

心。他對費秉勳說：「一會咱倆把結果對一下，看看我想的和你的有啥區別。」

費秉勳說：「這裡太空曠了，不適合算命。天機不可泄，還是回去再算吧！」

孫見喜又說：「還有一點，你和三毛都喜歡抽菸。你平日一刻也離不開菸，你在哪裡，哪裡便是煙氣騰騰，你說過你有三大嗜好：菸草、明月、油潑辣子。你還總把吸菸說成吃菸。而三毛呢？看到三毛許多照片都在抽菸。她在文章裡說：『媽媽，我抽菸了……我不是壞女孩。』那是她很早的一篇文章。這句話我印象很深。」

賈平凹說：「我其實不贊同女人抽菸，女人抽菸不好。菸是火性，女人是水性，水火不容。我若是見了三毛，要勸她少抽些菸。」

孫見喜說：「你倆人還有一個相通之處——我說了你不要惱。」

賈平凹說：「不要賣關子了，你直說。」

劉寬忍說：「你是不是想說，他們互相間暗戀著，或是精神上有互相吸引對方的地方？」

孫見喜像是默認了劉寬忍的說法。

他說：「你們想一想。三毛從新疆回來情緒很是低落，她寫給王洛賓的十五封信，

第六章

從中看到三毛對王洛賓的愛是明顯的、直白的。但又據說，王洛賓回信三毛說他是一把破傘，不能遮風擋雨了。可三毛是一個愛情至上主義者，那麼喜歡《天狗》，又一句一個平凹平凹的，她心裡肯定是喜歡賈平凹，只是不好明說，再加上王洛賓給她的打擊，讓她更加欲言又止了。你看，孫聰的報導裡寫到三毛的一個問話：『如果我見了平凹，他的太太不會吃醋吧？』而且連問了三遍，寬忍、秉勳，你們注意到這句話了沒有？這個話含義很是豐富，站在女人的角度上可以挖出很多潛藏的意思呀！」

賈平凹說：「你又不是女人，咋能了解女人的心思呢？不敢胡說啊！三毛這個事情，我們不敢主觀臆斷，這是對三毛的不尊重。我一直是這個態度，不要誤解。」

費秉勳說：「老孫，你分析的也是有道理的，但這些話不要傳出去，我們就文論文，就藝說藝，還是不要往男女情愛上多扯。」

孫見喜說：「我的猜測其實也非出自我，好多人看了那個報導都是這樣猜想的。特別有幾個三毛的女讀者，一致地都這樣想。她們甚至盼望著這樣的結果呢！她們說，如果三毛愛上了賈平凹，賈平凹也愛上了三毛，那可真是人類歷史上最傳奇的愛情故事了。三毛那麼愛荷西，也一定會很愛賈平凹。噢，對了，她們還說，荷西比三毛小八歲，賈平凹也比三毛小八歲。這太有意思了。」

第三節　平凹與三毛

賈平凹說：「老孫，你越說越遠了。我和三毛連面也沒有見呢！外界都已傳成這樣子。你們都是我的好朋友，就不要跟著再起鬨了。」

費秉勳說：「這就是當名人應當承受的代價，人怕出名豬怕壯嘛！」

劉寬忍說：「依我看，三毛愛的是老賈的文章。老賈近期出版的幾個集子，一位朋友說，在香港和臺灣很受歡迎的，大概是兩岸隔絕太久了，都想知道大陸的作家到底寫了什麼。」

費秉勳說：「一個作家喜歡另一個作家的作品，兩位作家之間一定是相通的，心有靈犀，研究他們之間的心靈感應是個很好的文學題目。老孫，你繼續分析。」

孫見喜說：「老賈，我說了，可不准你生氣——三毛和你都是個病人。」

賈平凹：「唉，我是有病的，我是個著名的病人。」

孫見喜繼續說：「很多時候，三毛的文章都是在病床上寫的，和你一樣。還有，你常常失眠，三毛也常常失眠，睡不著覺。有時候，三毛的記憶還會短路，有人說她患有健忘症。她身體其實極差，有時一天要昏倒好幾次，聽說去年在西藏拉薩的那一次，差一點走了。」

第六章

劉寬忍說：「沒有聽說三毛到過西藏。她到大陸來之後去過上海、蘇州、杭州，西安、敦煌、新疆，成都，還有北京，三毛到過西藏，有這回事嗎？」

費秉勳說：「我是覺得三毛太過自戀，我知道很多讀者迷戀她，但我真沒有把她的作品太當回事，但以三毛的性格論，她是應該要去西藏的。」

孫見喜說：「這個問題我專門做了考證。我和老賈給三毛把書寄過去之後，我就開始集中地研究三毛，把她的作品通讀了一遍。但是在她的文章裡的確沒有見到隻言片語關於西藏的文字，有的只是對西藏的遐想。」

孫見喜繼續說：「三毛有篇文章叫〈高原的百合花——玻利維亞紀行〉，這篇文章裡三毛寫道：

玻利維亞，這南美的西藏，過去每當想起它來，心裡總多了一分神祕的嚮往⋯⋯在美的極致下，我沒有另一個念頭，只想就此死去，將這一瞬成永恆。遠天有蒼鷹在翱翔，草原上成群的牛羊和駱馬，那些穿著民族服飾的男女就在雲的下面，迎著青草地狂跑，這份景致在青海、西藏，又是不是相同呢？」

孫見喜說：「從她的這些文字中可以看出，三毛對西藏的描述也僅僅停留在遙遠與神祕的想像中。這種想像，導致她在中南美洲的玻利維亞遊走時出現想像中的西藏，但

第三節　平凹與三毛

那時，她的確還沒有去過西藏。」

「但西藏肯定是三毛內心的嚮往，西藏這樣的地方本來就是為三毛這樣浪跡天涯的人準備的，總有一天她會抵達西藏。三毛身上那種波西米亞式的野性形象太符合西藏的氣質了，而西藏也是最適合三毛這種自由靈魂放逐自己的地方。所以連咱們儒雅的費教授都認為三毛一定會到西藏。的確，三毛寫了那麼真切的撒哈拉、敦煌、新疆，一定也會把獨具風情的西藏留在她的文字裡，對於一個依靠行走與傾訴寫作的人，而且是一個永遠走在路上的女人，一定會在西藏留下她的足跡，也留下她的文字。」

孫見喜繼續說：「功夫不負有心人，我終於在網上看到了一個資料，這個資料確鑿地證明三毛是到過西藏的。」

「一九九〇年，三毛從成都乘車去往拉薩，從布達拉宮出來，她發生了高原反應，突然昏倒在市區的路上，而後被送進解放軍拉薩總醫院，三毛患上肺水腫，救治她的是一位成都籍的軍醫。」

「雖然發生了點意外，但三毛仍然欣喜地說：『太喜歡西藏這個地方，我真的找到生命的歸宿了。』」

「三毛一共在西藏待了四天，除卻半天的路程時間，有三天半是在病床上度過的。

第六章

等她身體稍有控制與好轉時，她隨即離開西藏，飛到了成都。」

費秉勳說：「老孫的研究工夫了得，你可以再寫一本書了。」

孫見喜說：「我研究三毛，還是為了研究平凹，我是換了個角度，從三毛視角看平凹，試圖有些新發現。我還查到了一張三毛在布達拉宮前的草地留影。到過西藏的人都要在那個地方留影。我前年去西藏照了一張相，也恰恰是在三毛坐的那片草地上。三毛到西藏大概是在秋天裡，看那草的顏色，略有些枯黃。很可惜，到目前為止我還沒有找到三毛寫西藏的文章，也許是她還沒有來得及寫吧！」

費秉勳說：「老孫，你這個視角我是贊同的，而且你研究得很認真、很細緻呀！」

孫見喜說：「做學問不認真不細緻怎麼行？」

劉寬忍說：「既然這兩個人都是病人，老孫，你是專門研究病人的嗎？」

孫見喜說：「研究生病中的作家狀態當然有意義，你們看，平凹生病不是生出了名堂來了嗎？平凹說，病就是另一種形式的參禪。這話可不是我說的，是平凹自己的感悟。」

劉寬忍說：「平凹喜歡《紅樓夢》，而且還是一個純純真真的石痴呢！那三毛是不是呢？」

孫見喜說：「三毛當然也喜歡《紅樓夢》，也是個石痴。三毛在沙漠裡找化石，結果荷西掉到流沙裡去，三毛再回來找荷西的時候，只見流沙不見荷西。為一塊化石，差點讓荷西喪命。三毛的這個故事是在《夢裡花落知多少》裡寫的。那次三毛也差點讓流沙埋掉。」

費秉勳說：「平凹愛石頭，可以由他的散文〈醜石〉為證。」

劉寬忍說：「對，你看平凹的書房裡，奇石怪石擺得連過道都走不通了。」

賈平凹聽著朋友們的議論，一直微笑著，他知道老孫是愛開玩笑的人，他也愛聽朋友們的玩笑。他只抽菸不搭話。

還是費秉勳替他打了圓場，說：「咱們越說越好像平凹真的和三毛有什麼緣分一樣，但我敢肯定這是一個美麗的誤會。三毛和平凹不會再演出和王洛賓一樣的故事。」

孫見喜說：「那你的意思是說，咱平凹難道還不如王洛賓了嗎？三毛愛上了王洛賓，難道不會也愛上平凹？」

費秉勳說：「愛情，自古誰能說清，咱們還是別開這個玩笑吧！我覺得，三毛喜歡平凹的作品，這裡一定有深層次的原因，語言的，風情的，美學的，這也是一個很有意思的研究課題。我覺得，平凹的『商州』描寫，打開了一個神祕之境，三毛一定是對平凹筆下的商州感了興趣。還有平凹寫的那些商州故事，奇奇怪怪的，三毛好像也愛寫這類的故事，他們從生活到藝術的提煉上是一致的，他們都是敏感的，都有發現者的眼光。」

劉寬忍說：「費教授不愧是平凹的老師，討論問題總從學術出發。」

費秉勳的話也許說到了賈平凹的心坎上，實際上看了孫聰的報導，他一直也在思考，為什麼三毛會喜歡他的作品，究竟是他的哪一點吸引了三毛，三毛究竟是愛他的作品哪一點，是他的商州風俗，還是他的寫作手法，還是他的傷懷情緒。再超脫的作家也不可能不在乎別人的評價，更何況是來自海峽另一邊的一個知名作家的評價。尤其像賈平凹這樣一直在探索求新路上跋涉摸索著的作家，他始終渴望著從別人的評價裡得到啟示和營養，藉著這啟示和營養走出屬於自己的道路。

聽到費秉勳的話，賈平凹沉了沉說：「我倒願意相信自然界和人的身體裡有一種神祕的東西存在著。我和三毛都經歷過一些靈異事件，三毛說不清，我也說不清。這倒是我和她相同或者相似的一點。有人批評我說，我的作品裡老是愛裝神弄鬼，實際上生活

第三節　平凹與三毛

本身就充滿著這個東西，我不過是把生活裡的東西呈現出來罷了。」

費秉勳說：「商州地處『秦頭楚尾』自然會受到楚文化的影響。屈原的作品裡不也有很多神祕文化的表現嗎？」

孫見喜說：「據我研究，平凹和三毛之間就存在著神祕文化的現象。比如：三毛小時候被老師欺負，自閉、狂躁；平凹小時候，個子矮，被同學欺負，自卑。他們對外物的感知都比較敏銳。還有，三毛喜歡投火的飛蛾，平凹喜歡門前的醜石，他們都是在尋找自己的精神依託。三毛小時候被老師在臉上畫了大鴨蛋，平凹小時候被大個同學抬起來『打夯』。三毛小時候喜歡放風箏，平凹小時候喜歡在州河裡逮魚。有一次魚沒有逮住，褲子卻讓水沖走了。精身子在水裡，沒辦法出來，在水裡泡了一整天。」

賈平凹說：「老孫，你越說越玄了。」說著，也和大家笑了起來。

孫見喜說：「三毛和你都愛寫夢。」

費秉勳說：「這個倒有點意思。平凹的確是愛寫夢，夢是現實的投射。」

彷彿是受了費秉勳的認同，孫見喜又長篇大論起來：「是的。平凹常說，閱歷深了，夢便越來越做得多起來；一倒在床，迷迷離離，靈魂兒就出了竅殼，往夢裡去了。

第六章

曾經竭力不入那境界去，但那全不由得自己，有什麼魔兒在作祟似的：淡淡的幻化而去，先是朦朧，再是清晰，楚楚的一個世界呢……我知道，平凹有好多文章，都是在夢裡做成的，或者受夢的啟迪，追憶而成的。而三毛，更是一個追夢的人，她的生命格局非同一般。」

賈平凹說：「就這麼一點由頭，老孫就研究了這麼多，老孫厲害。」

費秉勳說：「我理解的平凹有一種孤獨內向的心理特徵，這種心理特徵和他的創作聯繫起來，也就不難理解了。他身上那種『鬼』的東西，實際就是藝術上特別靈敏的感觸，似乎這是與生俱來的。實際上這是由他的心理氣質所造就的，而這種心理氣質也並非為造物主賦予。」

孫見喜說：「費教授說得太對了，你用『孤獨』這個詞總結平凹的心理特徵，這個詞更可以用在三毛身上。這也正是他們的共同氣質。我還有一個發現，我在平凹和三毛的作品裡還發現了一個共同點，就是他們都不斷地提到生死問題。生與死是文學的問題，也是哲學的問題。」

孫見喜彷彿受了鼓勵，要把自己近來埋頭研究三毛的成果一下子全都倒出來似的，又繼續說：「三毛幾乎走遍了世界，寫了大量的遊記，平凹在陝西走了七十多個縣，遊記出了幾部，三毛和平凹，他們都是把生命放逐到天地間，放逐到大自然裡去的人。」

賈平凹說：「你說三毛，不要說我。」

孫見喜不理會，興致勃勃地繼續著。也許孫見喜今天買了物美又價廉的洞簫，還當了一回賣藝人，他的興奮勁還沒有過去。孫見喜越說越像個演說家了。

他說：「平凹和三毛的作品都充滿對堅韌生命的歌頌，民族民間文化的立場應當是他們精神的交叉點。說到底，平凹和三毛都是有才華又滿身神祕氣味的作家。他們的才華是與眾不同的，是鮮明的、獨特的，甚至是怪誕的。尤其三毛，跟一般的女作家絕不一樣，也極其罕見。」

孫見喜從包裡拿出自己的手稿，說：「這是我剛寫的一部書，還不成熟。題目就叫《平凹與三毛——兩個孤獨靈魂的撞擊》，我正要給平凹和費教授看呢，聽聽意見。既然說到了這了，我先唸一段大家聽一聽。」他清了清嗓子，開始朗讀：

三毛說：出生是明確的一場旅行，死亡難道不是另一場出發？

平凹說：事業和愛情是我的兩大支柱，缺了哪一樣，或許我就自殺了。

三毛說：我做任何事都是用生命去做。

第六章

平凹說：人總是要死的。大人物的死天翻地覆，小人物說死，一閉眼兒，燈滅了，就死了。

三毛說：有誰，在這世界上不是孤獨地生，不是孤獨地死？

平凹說：我常常想，真有意思，我能記得我生於何年何月何日，但我將死於什麼時候卻不知道。

三毛說：我想我是要早死的，因為我透支太多生命。

平凹說：凡能說到死的人，其實離死還遙遠，真正到了死神立於門邊，卻從不說死的。

三毛說：夢告訴我，要送我兩副棺材。

平凹說：接觸過許多死去了又活過來的人，他們都在講死的時候，覺得自己一直往上飛，越往上飛越覺得舒服，甚至能看到睡在床上的自己的身子，還聽得到醫生的話和親屬的哭。這情景真實不真實，我沒有經驗，但凡見過的病死的人最後咽氣的時候差不多都呈現出一絲微笑的。

三毛說：相逢何必曾相識，雲在青山月在天。

第三節　平凹與三毛

平凹說：心中有個人，才能活下去。

三毛說：生命是這樣的美麗，上帝為什麼要把我們一個個收回去。

平凹說：這是沒辦法的，誰都要離開這個人世的，如果人世真是這麼的好，妳總不能老占著地方不讓別人來吧！

三毛說：我知道，是要送我走……我知道了，大概知道了那個生死的預告。

平凹說：若有人尋到妳打問我的行蹤，只說我自殺了。

……

第七章

第一節　三毛自殺

一九九〇年一月四日早晨，空氣中彌散著寒冷的氣息。各家報紙鋪天蓋地報導三毛自殺的凶訊。

在賈平凹家中，他正坐在大書案的後面寫作，他被包圍在佛像、佛塔和各種形狀的石頭，還有他的「獅子軍團」中間。他的書房簡直就是一座博物館，一條橫幅異常醒目地懸掛在他身後的牆上，上書「默雷止謗」四個大字。是他自己的書法。墨色飽滿，元氣淋漓，這是他寫得最好的字。他的字像他的人一樣初看樸拙，再看驚嘆。他的筆畫沒有凌厲之氣，是渾圓的軟軟的線條，似無氣象，但仔細端詳，卻於笨稚中看到自然之態，厚重之態。如黃土高原常見的那種圓滾滾的山包，無稜無角，卻令人感到踏實和沉厚的力量。

第一節　三毛自殺

「默雷止謗」也是他遵循的做人原則。他還有一句話，常常被他自己反覆引用，叫做「心繫一處，守口如瓶」。所以，他天生不愛說話，自己也告誡自己少說話、多做事。

孫見喜匆忙進來，直截了當地說：「三毛自殺了，你知道嗎？」

聞聽此言，賈平凹如觸電般跳了起來，急急接過報紙，一行黑體字映入眼簾：臺灣女作家三毛在臺北自殺身亡。

孫見喜說：「今天早上中央人民廣播電臺播出了這條消息，我聽了都呆了。她是在臺灣榮民醫院用絲襪自殺的。」

停頓了一下，孫見喜悲傷又痛苦地說：「唉！她這是為什麼呀！」

平凹凝視著報紙，把報紙翻過來倒過去地看著，他懷疑著這消息，他不願意相信這消息。

他悲傷著這消息，神思恍惚自言自語地說：「三毛死了。我和三毛在就要相識的時候，她死了。她帶來口信囑我寄幾本書給她。書寄去了，她死了。我信中邀請她來西安，陪她隨心所欲地在黃土地上逛逛，在秦嶺深處的商州逛逛，信她還未收到吧，她就死了……」

第七章

孫見喜說：「這真是太突然了！你的書和信，我估計她也沒有收到吧！」

賈平凹說：「三毛的死，對我是太突然了，我想三毛對於她的死也一定是突然，但是，就這麼突然地三毛死了，死了。人活著是多麼的不容易，人死燈滅卻這樣的快捷嗎？」

賈平凹頹然坐在椅子上，他和孫見喜都陷入了沉默。臘月的風打在窗玻璃上，外面法國梧桐樹的葉子又掉落了一大片。

報紙上登載著三毛的一組照片，當時她正行走在一條古街上，她穿著波西米亞式服裝，長髮披肩，高高的個子，背著鬆鬆垮垮的包，自由舒展的樣子。她笑著。

又一張是三毛在側身仰望，她在仰望什麼？是西安的古城牆嗎？

不要問我從哪裡來

我的故鄉在遠方

……

賈平凹的耳旁彷彿響起這首歌。

賈平凹真是想不明白，三毛為什麼要自殺呢？

第一節　三毛自殺

孫見喜說：「三毛說過，死是另一種的自由。」

賈平凹說：「許多年裡，到處逢人說三毛，你說你研究了三毛，是她的讀者，我也是那其中的讀者，藝術靠征服而存在，我企羡著三毛這位真正的作家。夜半的孤燈下，我常常翻開她的書，瞧著那一張似乎很苦的臉，作想她畢竟是海峽那邊的女子，遠在天邊，我是無緣等待得到相識面談的。」

賈平凹連菸也顧不得點了，他在屋子裡走來走去，一臉悲戚之色。他說：

「我盼望她明年來西安，只要她肯冒險，不怕苦，不怕狼，能吃下粗飯，敢不衛生，我們就一塊騎舊車子去一般人不去的地方逛逛，吃地方小吃，看地方戲曲，參加婚喪嫁娶的活動，了解社會最基層的人事。這書和信是十二月十六日寄走的。我等待著三毛的回音，等了半個多月，卻等來這樣一個消息！」

一時間，賈平凹看到三毛站立在沙漠裡，他自己也站立在沙漠裡，和三毛遙遙相對，三毛面對茫茫沙漠，說著關於生死的話。

三毛說：「難道人間一切悲歡離合，生死興衰，在冥冥之中早已有了定數嗎？」

賈平凹說：「三毛死了，死於自殺。妳為什麼自殺？是妳完全理解了人生？是妳完成了妳活著要貢獻的那一份藝術？是太孤獨，還是別的原因？我無法了解。作為一個熱愛著妳的讀者，我無限悲痛。我遺憾的是我們剛剛要結識，妳竟死了，我們之間相識的緣分只能是在這一種神祕的境界中嗎？」

賈平凹看到三毛飄飄搖搖地奔往在赴天堂的路上，她一襲白衣，吹著古老的塤。就像是奔月的嫦娥一樣。

賈平凹輕聲哼起一首歌：

天上的月兒哟一面鑼哎

鑼裡坐了個美嫦娥哟喂

人說天狗想吞月

月圓月缺月又落實

哎，哎

這是為什麼哟，這是為什麼哟

……

三毛遙遙地回了一下頭，對賈平凹說：「別離只是時間，心中相遇卻是永遠！我還是走了的好。」

賈平凹還在凝望著三毛，他說：「三毛呀，我並沒有見過妳，幾個晚上都似乎夢見到一個高高的披著長髮的女人，醒來思憶著夢的境界，不禁就想到了那一幅《洛神圖》古畫。就是此刻我也不相信三毛會死。或許一切都是訛傳，說不定某一日三毛真的就再來到了西安。可是，可是，這眼前的報紙卻分明就登載著三毛的死訊。這到底是為什麼呀！」

孫見喜說：「平凹，你這些話說得太好了，你是在哭三毛，為所有愛三毛的人而哭，為喜愛她的讀者而哭。你知道，我根本無法接受這個消息。你也是替我在哭。你快快把它寫下來吧！寫下來，當做給三毛的信，我發到報紙上。題目就叫〈哭三毛〉。」

以下就是賈平凹的〈哭三毛〉全文：

三毛死了。我與三毛並不相識，但在將要相識的時候三毛死了。三毛託人帶來口信囑我寄幾本我的新書給她。我剛剛將書寄去的時候，三毛死了。我邀請她來西安，陪她隨心所欲地在黃土地上逛逛，信函她還未收到，三毛死了。三毛的死，對我是太突然了，我想三毛對於她的死也一定是突然，但是，就這麼突然地三毛死了，死了。

人活著是多麼的不容易，人死燈滅卻這樣快捷嗎？

第七章

三毛不是美女，一個高挑著身子，披著長髮，攜了書和筆漫遊世界的形象，年輕的堅強而又孤獨的三毛對於大陸年輕人的魅力，任何局外人做任何想像來估價都是不過分的。許多年裡，到處逢人說三毛，我就是那其中的讀者，藝術靠征服而存在，我企羨著三毛這位真正的作家。夜半的孤燈下，我常常翻開她的書，瞧著那一張似乎很苦的臉，作想她畢竟是海峽那邊的女子，遠在天邊，我是無緣等待得到相識面談的。可我怎麼也沒有想到，一九九〇年十二月十五日，我從鄉下返回西安的當天，驀然發現了《陝西日報》上署名孫聰先生的一篇〈三毛談陝西〉的文章。三毛竟然來過陝西？我卻一點不知道！將那文章讀下去，文章的後半部分幾乎全寫到了我。

三毛說：「我特別喜歡讀陝西作家賈平凹的書。」她還專門告訴我普通話唸凹為凹（ㄠ），但我聽北方人都唸凹（ㄨㄚ），這樣親切，所以我一直也唸平凹（ㄨㄚ）。她告訴我，「在臺灣只看到了平凹的兩本書，一本是《天狗》，一本是《浮躁》，我看第一篇時就非常喜歡，連看了三遍，每個標點我都研究，太有意思了，他用詞很怪可很有味，每次看完我都要流淚。眼睛都要看瞎了。他寫的商州人很好。這兩本書我都快看爛了。你轉告他，他的作品很深沉，我非常喜歡，今後有新書就寄我一本。我很崇拜他，他是當代最好的作家，當然這只是我個人的看法。他的書寫得很好，看許多書都沒像看他的書這樣連看幾遍，有空就看，有時我就看平凹的照片，研究他，他腦子裡的東西太多了……大陸除了平凹的作品外，還愛讀張賢亮和鍾阿城的作品……」

讀罷這篇文章，我並不敢以三毛的評價而洋洋得意，但對於她一個臺灣人，對於她一個聲名遠震的作家，我感動著她的真誠直率和坦蕩，為能得到她的理解而高興。也就在第二天，孫聰先生打問到了我的住址趕來，我才知道他是省電臺的記者，於一九九〇年的十月在杭州花家山賓館開會，偶爾在那裡見到了三毛，這篇文章就是那次見面的談話紀錄。孫聰先生詳細地給我說了三毛讓他帶給我的話，說三毛到西安時很想找我，但又沒有找，認為「從他的作品來看他很有意思，隔著山去看，他更有神祕感，如果見了面就沒意思了，但我一定要拜訪他」。說是明年或者後年，她要以私人的名義來西安，問我願不願給她借一輛舊自行車，陪她到商州走動。又說她在大陸幾個城市尋我的別的作品，但沒尋到，希望我寄她幾本，她一定將書錢郵來。並開玩笑地對孫聰說：「我去找平凹，他的太太不會吃醋吧？會燒菜嗎？」還送我一張名片，上邊用鋼筆寫了：「平凹先生，您的忠實讀者三毛。」於是，送走了孫聰，我便包紮了四本書去郵局，且覆了信，說盼望她明年來西安，只要她肯冒險，不怕苦，不怕狼，能吃下粗飯，敢不衛生，我們就一塊騎舊車子去一般人不去的地方逛逛，吃地方小吃，看地方戲曲，參加婚喪嫁

第七章

娶的活動，了解社會最基層的人事。這書和信是十二月十六日寄走的。我等待著三毛的回音，等了二十天，我看到了報紙上的消息：三毛在兩天前自殺身亡了。

三毛死了，死於自殺。她為什麼自殺？是她完全理解了人生？是她完成了她活著要貢獻的那一份藝術？是太孤獨，還是別的原因？我無法了解。作為一個熱愛著她的讀者，我無限悲痛。我遺憾的是我們剛剛要結識，她竟死了，我們之間相識的緣分只能是在這一種神祕的境界中嗎？

三毛死了，消息見報的當天下午，我收到了許多人給我的電話，第一句都是：「你知道嗎？三毛死了！」接著就沉默不語，然後差不多要說：「她是你的一位知音，她死了……」這些人都是看到了《陝西日報》上的那篇文章而向我打電話的。以後的這些天，但凡見到熟人，都這麼給我說三毛，似乎三毛真是我的什麼親戚關係而來安慰我。我真誠地感謝著這些熱愛三毛的讀者，我為他們來向我表達對三毛死的痛惜感到榮幸，但我，一個人靜靜地坐下來的時候就發呆，內心一片悲哀。我並沒有見過三毛，幾個晚上都似乎夢見到一個高高的披著長髮的女人，醒來思憶著夢的境界，不禁就想到了那一幅《洛神圖》古畫。但有時硬是不相信三毛會死，或許一切都是訛傳，說不定某一日三毛真的就再來到了西安。可是，可是，所有的報紙、廣播都在報導三毛死了，在街上走，隨時可聽見有人在議論三毛的死，是的，她是真死了。我只好對著報紙上的消息思念這位天才的作家，默默地祝願她的靈魂上天列入仙班。

三毛是死了，不死的是她的書，是她的魅力。她以她的作品和她的人生創造著一個強刺激的三毛，強刺激的三毛的自殺更豐富著一個使人永遠不能忘記的作家。

這篇文章的手稿，據說經過一番輾轉，後來又回到了賈平凹的手裡。

第二節　三毛來信

一九九一年一月十五日，三毛去世後第十一天。

賈平凹正走在西安市文聯的大門的臺階上，一群年輕人衝下來，攔住了他。年輕人興奮地說：「賈老師，三毛來信啦！三毛給你來信啦！」

賈平凹恍恍惚惚似有不信：「是真的嗎？三毛不是去世了嗎，怎麼又有信來？」

年輕人說：「辦公室早上十點鐘收到的。一看到信來自臺灣，住址最後署一個『陳』字，就知道這是三毛給您的信。」

賈平凹接過信，手不由得顫抖起來，看到信封上的「臺北、陳」字樣，立刻淚眼婆娑了。他自語道：「我只說她永遠收不到我的信了。」

賈平凹拆開信封，抽出信，展開，是三毛寫在毛邊紙上的斜斜的字體。現場氣氛立時凝重起來。大家圍攏在賈平凹的身邊，目光投在信紙上。

故人已去，渺不可尋；三千里外，忽傳音訊。賈平凹覺得這麼一封字字萬金的信，應當坐到辦公室桌前認認真真地去看，莊莊重重去看。於是，賈平凹手捧著三毛的信，來到自己的辦公室裡，坐到辦公桌前。

他把信端端正正地放在桌前，他點燃了一支菸，對著三毛的信默默地說了句什麼，然後開始一字一句地讀信。煙霧繚繞著，繚繞在三毛的信上，也繚繞在賈平凹凝重的臉上。

三毛的字體是清秀的，但又是有個性的，一律向右倒，斜斜著，並不那麼整齊，有些鋒利的感覺，不是一個循規蹈矩的女人的字。那些字斜斜著像要排著隊出征一樣，很不安分，像一顆顆活蹦亂跳的心。看三毛的字會給人一種驚恐不安的情緒。

賈平凹一口口抽著菸，吐出大朵大朵的煙圈，穩定著自己慌亂的心。

他在心裡說著，收到了，是收到了，三毛，您總算在臨走之前接收了一個熱愛著您

第二節　三毛來信

的忠實讀者的問候！可是，當我此刻親手捧著您的信，我腦子裡剎那間一片空白呀！清醒了過來，我感覺到是您來了，您就站在我的面前，您就充滿在所有的空氣裡。

好，我們把視線轉換到臺北，就像是電影裡轉換鏡頭一樣。我們為三毛設置一個寫信給賈平凹的場景吧——

那是一九九一年的一月一日，深夜，窗外漆黑一片，儘管終究天會亮的，新年就要來臨了。一月一日是元旦，算是個節日，人們要放假休息。

可是，這時的三毛卻沒有睡意，她獨坐在書桌前，寫信給一個遠方的人，外面下雨了，臺北的雨，一月一日的雨，是冷的。冷雨敲窗。

這個遠方的人，是去年十二月十六日寄給她信和書的，信和書翻越了秦嶺，翻越了南嶺，走過了丹江，走過了珠江，從西北到臺北，從海峽這邊到海峽那一邊，整整用了半個月的時光，走到了翹首盼望著的人的手裡。

這盼望著的人一定是驚喜的。當初，她在杭州向人說了這個想法，想要看這個人的書，書就來了；她在杭州說想去見一見這個人，跟他要一輛腳踏車，一起騎著到他的家鄉去，她說的時候還真是擔心這個人不一定會答應。現在，明明白白，這個人非常願意她去，願意帶她到州河邊走一走，坐一坐《浮躁》裡的木筏子。還要帶她到有趣的老街

第七章

上看一看，看民俗，看風情，最後再請她吃一頓羊肉泡，熱騰騰的羊肉泡……她能想到的，他都想到了，她的要求他都答應了。他熱情地邀請著她。他說他隨時歡迎她來。

他的書也寄來了，是她想看的書。她連夜讀了他的書。在大陸他是她喜愛的作家，她自認她沒有看走眼。商州的故事那麼稀奇，他講述的又那麼低緩，暗流湧動，深深打動著她，讓她產生了無盡的聯想。真的有那麼一個商州嗎？她是走過太多太多地方的人，可這一片商州卻那麼地魅惑著她。她又失眠了，吃了幾片安眠藥還是不能入睡，索性起來寫信給遠方的人吧！她挑選了最貴的紙，重重地寫下了四個字：平凹先生。

平凹先生：

現在時刻是西元一九九一年一月一日清晨兩點。下雨了。今年開筆的頭一封信，寫給您：我心極愛的大師。恭恭敬敬的。感謝您的這枝筆，帶給讀者如我，許多個不睡的夜。

雖然只看過兩本您的大作，《天狗》與《浮躁》，可是反反覆覆，也看了快二十遍以上，等於四十本書了。在當代中國作家中，與您的文筆最有感應，看到後來，看成了某種孤寂。一生酷愛讀書，是個讀書的人，只可惜很少有朋友能夠講講這方面的心得。讀您的書，內心寂寞尤甚，沒有功力的人看您的書，要看走樣的。

在臺灣，有一個女友，她拿了您的書去看，而且肯跟我討論，但她看書不深入，能夠抓提一些味道，我也沒有選擇地只有跟這位朋友講講「天狗」。這一年來，內心積壓著一種苦悶，它不來自我個人生活，而是因為認識了您的書本。在大陸，會有人搭我的話，說「賈平凹是好呀！」我盯住人看，追問「怎麼好法？」人說不上來，我就再一次把自己悶死。看您書的人等閒看看，我不開心。

平凹先生，您是大師級的作家，看了您的小說之後，我胸口悶住已有很久，這種情形，在看《紅樓夢》、看張愛玲時也出現過，但他們仍不那麼「對位」，直到有一次在香港有人講起大陸作家群，其中提到您的名字。一口氣買了十數位的，一位一位拜讀，到您的書出現，方才鬆了口氣，想長嘯起來。對了，是一位大師。一顆巨星的誕生，就是如此。我沒有看走眼。以後就憑那兩本手邊的書，一天四、五小時地讀您。

要不是您的贈書來了，可能一輩子沒有動機寫出這樣的信，就算現在寫出來，想這份感覺——由您書中獲得的，也是經過了我個人讀書歷程的「再創造」，即使面對的是作者您本人，我的封閉感仍然依舊，但有一點也許我們是可以溝通的，那就是：您的作品實在太深刻。不是背景取材問題，是您本身的靈魂。

今生閱讀三個人的作品，在二十次以上：一位是曹霑，一位是張愛玲，一位是您。

深深感謝。

沒有說一句客套的話，您新贈給我的重禮，今生今世當好好保存、珍愛，是我極為看重的書籍。不寄我的書給您，原因很簡單，相比之下，三毛的作品是寫給一般人看的；賈平凹的著作，是寫給三毛這種真正以一生的時光來閱讀的人看的。我的書，不上您的書架，除非是友誼而不是文字。

臺灣有位作家，叫做「七等生」，他的書不錯，但極為獨特，如果您想看他，我很樂於介紹您這些書。

想我們都是書痴，昨日翻看您的《自選集》，看到您的散文部分，一時裡有些驚嚇。原先看您的小說，作者是躲在幕後的，散文是生活的部分，作者沒有窗簾可擋，我輕輕地翻了數頁。合上了書，有些想退的感覺。散文是那麼直接，更明顯的真誠，令人不捨一下子進入作者的家園，那不是「黑氏」的生活告白，那是您的。今晨我再去讀。以後會再讀，再唸，將來再將感想告訴您。先唸了三遍「觀察」（〈人道與文道雜說之二〉）。

四月（一九九〇年）在西安下了飛機，站在外面那大廣場上發呆，想，賈平凹就住在這個城市裡，心裡有份巨大的茫然，抽了幾支菸，在冷空氣中看煙慢慢散去，而後我走了，若有所失的一種舉步。

吃了止痛藥才寫這封信的，後天將住院開刀去了，一時裡沒法出遠門，沒法工作起碼一年，有不大好的病。

如果身子不那麼累了，也許四、五月可以來西安，看看您嗎？到了不必陪了遊玩，只想跟您講講我心目中所知所感的當代大師——賈平凹。

用了最寶愛的毛邊紙給您寫信，此地信紙太白。這種紙臺北不好買了，我存放著的。我地址在信封上。

您的故鄉，成了我的「夢魅」。商州不存在的。

三毛敬上

第三節　三毛自殺之謎

每次讀到三毛這封信，我都想流淚。透過文字，彷彿看到了三毛孤獨的靈魂，三毛的文字像一首不平凡的歌，一出口就抓住了人，聽也聽不夠，三毛的信又像是一條憂傷的河，流淌的盡是歲月的蒼涼，這樣細膩幽深的文字也只屬於她。三毛在信中對賈平凹給予了極高的評價，稱他為「大師」，那不是簡單的讚美，而是源於兩顆心隔著千山萬水的相知，是源於一種深深的懂得。三毛說，散文是作者的家園，沒有窗簾遮擋的私密家園，她不忍一下子進入。

三毛是在一月四日的凌晨，在臺灣榮民醫院用絲襪上吊自殺的。一月二日她住進了醫院，一月三日動的手術，一月四日凌晨，實際上也就是一月三日的夜晚。也就是說她做了手術之後的第一天就自殺了。這是為什麼？

她的自殺成了一個永遠的謎。而她寫給賈平凹的信也成了她最後的信，成了她最後的文字，最後的作品。

這是一封極其重要的信，無論對賈平凹還是對三毛，這封信裡透露的資訊很多，是研究賈平凹、研究三毛時不可繞過的重要文獻。

我在網路上搜到一篇文章，作者對於三毛最後的自殺和寫給賈平凹的信做出了自己的解讀。作者認為找到了三毛自殺的緣由，也尋到了三毛這封信裡藏匿著的祕密。

這篇文章的作者叫李延風，身分不詳，他的文章題目就叫做〈三毛與賈平凹〉。

原文如下：

我攥著一本賈平凹的散文集，在思考著臺灣作家三毛的「歸」的問題。這裡我說「歸」，是有些來歷的。我在國外讀書那陣子，西方人讀書喜歡挑出重要詞彙細究，有寫「情」的，有寫「氣」的，有個人便寫的是詩詞裡面的「歸」。他總結了很多，有求取功名者的歸鄉，有雲遊僧道的歸山，有走完人生路的歸土、歸西。他還特意強調某些表現女性的詩詞中的「歸」便是出嫁，歸於丈夫，或者找到愛情的歸宿。

歸程未盡，三毛信函評平凹。

三毛說：不要問我從哪裡來，我的故鄉在遠方，為什麼流浪，流浪遠方，流浪。既然人在異鄉，在流浪，又是單身女人的流浪，自然有很多歸的問題。然而在很多該歸的還沒歸完的時候，她卻歸程未盡先歸土。三毛之歸的原因是個多面鏡，接近三毛的人、掌握第一手資料的人還有研究者們，已經展示了很多面。然而仍有一些面處在背影裡，得轉個角度才能看到。我就是從她寫給賈平凹的信裡看到了這樣一個面。

那封信是一九九一年元旦凌晨寫的，而三毛元月四日就自盡了。信一月十五日到了賈平凹的手裡。我反覆讀了信，覺得那些文字像是一層浮萍，下面遮著深深的水。三毛的信中說，看了賈的小說，「內心裡積壓著一種苦悶」，「胸口悶住已有很久」。而此信未引起當時關注三毛之歸的人們的重視，讓我這個不相關的人胸口悶了很久。如果不從這封信去理解三毛之歸，我總覺得我們欠著三毛什麼。

我沒見過三毛和賈平凹，他們對我就像小說裡的人物，我就權當是在讀一個小說。用時髦點的西式讀法，就有心理分析法，可以說三毛的潛意識中有太多的情，太多的愛，又有歸屬感和「我是誰」的問題。一個故事，有有意識的部分，也有潛意識的部分。一九二九年施蟄存寫了〈梅雨之夕〉，說有個人下雨的時候喜歡打著傘走回家而不去坐公共汽車。有一天碰到一個沒傘的年輕女子，便送了她一程。那個人於是糊塗了起來：我為什麼一直以來不坐公共汽車？我為什麼當時買了個夠兩個人用的大傘？後來雨明明停了，我為什麼還打著傘跟她走？原來潛意識中我一直在等待著這個她的出現。

三毛這封信中沒有一句我愛你，但如果用了考察上面兩個故事的方法，會得出同樣的結論。三毛在信中給了賈平凹超乎尋常的評價，把他看作是曹雪芹、張愛玲之後她最喜愛的作家，且表示讀賈比讀前兩者更加「對位」。她說「我沒有走眼」，「今年開筆的第一封信寫給您，我心極喜愛的大師，恭恭敬敬的。」

特殊時刻，若有所思舉步艱難，繼續看下去，就會覺得這些話不是一些單純的讚頌或崇拜，而是帶著濃厚的個人感情。三毛如是說：

「四月（一九九〇年）底在西安下了飛機，站在外面那大廣場上發呆，想，賈平凹就住在這個城市裡，心裡有著一份巨大的茫然。抽了幾支菸，在冷空氣中看著煙慢慢散去，爾後我走了，若有所思的一種舉步。」

在這幾句短短的話中，一切都被遮罩了，茫茫廣場上空空煙霧裡只飄著賈平凹三個字。一九九〇年的賈平凹，名氣尚有限。況且，在賈當時那麼多優秀作品中，三毛只看了《天狗》與《浮躁》兩個故事（「反反覆覆看了二十多遍」）。看來真正的知己話不必多，「高山流水」四個字足以讓俞伯牙與鍾子期成為生死之交。

三毛又說「用了最寶愛的毛邊紙給您寫信」。此刻，借了西方學者從詞語和形象研究人物的方法，便發現這「寶愛」二字寓意深長。如果「藕斷絲連」象徵著「偶斷思連」，這裡的「寶愛」為何不能是「飽含著愛」？

三毛在信中兩次提到《天狗》。我就把這個故事又看了一遍。它說的是一個女人和兩個男人的愛情故事，這難道與三毛和王洛賓、賈平凹兩人之間的故事是巧合？文學中總是有太多的巧合，現實中又何嘗不是？不幸的是，故事中那個病炕上的男人的自縊身亡，又與病床上的三毛的自縊身亡成就了另一個悲劇的巧合。這封信的落款時間是一九九一年元旦早晨兩點，那開始構思或提筆寫的時候或許是剛過十二點，新年的鐘聲剛剛敲過。按西方的習慣，在新年到來那一刻，人們是要在心裡默默地許下一個新年願望的。三毛把這新年中最寶貴的時刻用來給賈平凹寫信，這是否又是一個巧合？

放下心理分析法，來看看歷史，又會發現有太多為所愛所敬或知己者而死的例子。春秋時伍子胥逃難，有漁人用船載了他過河，認出了他就是自己敬仰的伍子胥，子胥叮囑漁人替他保密，那漁人竟當場自溺身亡以證明自己是忠實的朋友；《紅樓夢》裡尤三姐為柳公子自刎身亡，更不用說鍾子期為俞伯牙毀琴而亡的故事。當然我不敢說三毛只是為賈平凹而死。三毛有太多的情，太多的愛。

一九九〇年，被王洛賓新疆民歌征服的她由敬生愛，勇敢地去了新疆，跟王洛賓騎自行車走街串巷，在那西域的城裡揚起一陣塵土。然而當時在她心中還有另一個崇拜者，那就是賈平凹。隨著與王洛賓的浪漫情感以失敗而告終，賈平凹就成了她潛意識中的另一個所愛，所以不久以後的那封信就不是偶然的，而是必然的。當然三毛應當清楚，如果她有意識地去愛賈平凹，等待她的將是又一個沒有結果的單相思或雙相思。

歸宿何期，「靈魂之友」相燭照。

從潛意識中浮出來進行表白是需要極大勇氣的。在面對王洛賓的時候三毛是勇敢的，但失敗的心理代價也是高昂的。如今面對著另一個用藝術征服了她的賈平凹，躺在病床上的她再也無力去坐賈平凹的自行車在商州山中旅行了。如果說三毛對王洛賓的感情像一個女人對她並不了解的長者的不現實的感情，那麼此刻面對著賈平凹，她要冷靜得多，把他當作一個靈魂之友。

三毛的個人感情也是一個多面鏡。深愛她的也許大有人在，她或許對他們中的一位或幾位也有一些愛意，但三毛卻一直在追尋著自己的真愛。三毛走了，那些愛過她的和她愛過的，都被媒體請到前臺來分析三毛，理解三毛。他們是三毛生前的親朋好友，包括王洛賓，還包括一兩位崇拜或深愛過她的男士。我在臺上卻唯獨沒見賈平凹。他坐在臺下的黑角落裡靜靜地觀看。我想，如果三毛此刻重新回到臺子上的話，她一定會向那個角落投去深情的目光。

三毛一九八九年四月第一次回祖國大陸，一九九〇年四月二十三日路過烏魯木齊第一次見到王洛賓，路過西安時在機場抽了一支菸想著賈平凹。八月二十三日第二次去了烏魯木齊，在王洛賓家裡生活了兩週，九月七日因不能適應而離開。十二月十一日給王洛賓寫了最後一封信，一九九一年一月一日給賈平凹寫了唯一的一封信，一月四日踏上不歸之路。三毛與真正的故鄉接觸了不到兩年時間，卻在這兒產生了兩次感情的火花，一次有意識的，一次潛伏的。當然她與這個故鄉在靈魂深處的接觸遠不止兩年，她與王洛賓與賈平凹也已經早就在靈魂深處相見。

第七章

如今三毛已歸，王洛賓已歸，賈平凹還在他的村子裡忙著。關心三毛的人對她的死因似乎也早有定論。數學是一門擯棄了具體的干擾而研究純粹的學科，如果我們把抑鬱症等其他原因先掃到一邊，從純精神的角度來理解三毛，就會發現她是為知音而死的。這裡的知音是個複雜的概念，就像愛是個複雜的概念一樣。三毛的知音包括一長串，賈平凹後面有王洛賓，還有那些為她默默付出的摯友們，有天狗們，有那些歌曲，有橄欖樹，有門前飛翔的小鳥，還有那遠方的故鄉。

此時，我不得不提晚明才女馮小青於幽閉中讀《牡丹亭》而亡的故事。才女三毛與小青的情形何其相似。馮小青留下絕句一首：冷雨幽窗不可聽，挑燈閑看牡丹亭。人間亦有痴於我，豈獨傷心是小青。三毛給賈平凹寫信的時候，正是冷雨幽窗。在三毛之歸的很多原因中，這封信，和其他類似的信（如果有的話），替三毛訴說著：我愛你，知音，讓死亡來證明；人間還有痴三毛，傷心不獨是小青。

信的最後，三毛彷彿已經把賈平凹的故鄉認作是她的歸宿：「您的故鄉，成了我的夢魅。商州不復存在的。」冥冥中，我看到三毛的夢魂來到商州。賈平凹對她說：「不會問妳從哪裡來，這裡就是妳的故鄉。」

這篇文章發表的時間是二〇一六年七月七日。他的觀點我們姑妄聽之。三毛與平凹未曾謀面，留下了千古佳話，兩位作家之間的惺惺相惜，他們靈魂與精神的交流成為最感動我們的地方。

三毛究竟為何要自殺，的確是個難解之謎，她在去醫院之前對於見到賈平凹是滿懷著期待的，她明明是說要來西安的，怎麼突然就……

這令人想起她在〈夜半逾城—敦煌記〉的一句話：**那真正的神祕感應，不在莫高窟，自己本身靈魂深處的密碼，才是開啟它的鑰匙。**

第三節　三毛自殺之謎

因為沒有留下遺書，三毛的離世，她走得清醒而灑脫，給後世留下了無盡的猜想。

一九九一年一月二日，三毛因子宮內膜肥厚，住進臺灣榮民總醫院，三日做了手術，四日清晨，醫院清潔女工進入婦產科三毛的單人特等病房打掃浴室，發現三毛用黑色尼龍絲襪在廁所上吊自殺。

她那天身穿白底紅花睡衣，沒有留下任何遺書。

法醫推斷她的死亡時間是凌晨兩點。

她走得清醒決絕，灑脫無悔。

因為是手術後就選擇輕生，所以很多人推斷三毛的死很可能是因為手術注射麻醉藥

第七章

所致，麻醉藥裡面含有安眠成分，晚上她又吃了過量安眠藥，心情憂鬱加上安眠藥量太大，導致了心肌梗塞。

但是熟悉三毛的朋友，都知道「藥物過敏」這種說法非常牽強。因為三毛有「自殺」的想法，從十三歲就開始了。

三毛曾對朋友說，如果將來死了，埋在敦煌的月牙泉那裡是最好的。

「敦煌飛天」似乎已經預示了三毛之死。她在〈夜半逾城——敦煌記〉有過一句關鍵的話：

我的生命，走到這裡，已經接近盡頭。不知道日後還有什麼權力要求更多。

也許在敦煌，在菩薩的面前，三毛就已萌生了自殺的念頭。

一生裡最愛她的人還是荷西，她應當是去赴她最愛的荷西之約了。

三毛曾說：我來不及認真地年輕，待明白過來時，只能選擇不認真地老去。我愛哭的時候便哭，想笑的時候便笑，我不求深刻，只求簡單。

三毛父親陳嗣慶說：「我女兒常說，生命不在於長短，而在於是否痛快地活過。我想這個說法也就是：確實掌握住人生的意義而生活。在這點上，我雖然心痛她的燃燒，可是同意。」

三毛母親繆進蘭說：「在我這個做母親的眼中，她非常平凡，不過是我的孩子而已。三毛是個純真的人，在她的世界裡，不能忍受虛假，就是這點求真的個性，使她踏踏實實地活著。也許她的生活、她的遭遇不夠完美，但是我們確知：她沒有逃避她的命運，她勇敢地面對人生。」

有些人和事是很容易忘記的，如過眼雲煙一般轉瞬即逝，有些卻一眼萬年，永遠無法忘懷。

多少年過去了，三毛依然在我們心中。

第四節　再哭三毛

賈平凹又一次住院了，原以為到天國裡的三毛不會收到他的信和書了，沒想到三毛的信卻來了，信來了，人卻已亡，賈平凹深感失去知音的痛楚，那幾天，他吃不下飯，睡不好覺，神思總是恍恍惚惚，他又一次病倒了。

他覺得有太多的話要說與三毛，在醫院的病床上，他提筆寫下了〈再哭三毛〉：

第七章

三毛，我只說您永遠也收不到我的那封信了，可怎麼也沒有想到您的信竟能郵來，就在您死後的第十一天裡。今天的早晨，天格外冷，但太陽很紅，我從醫院看了病返回機關，同事們就衝著我叫喊：「三毛來信啦！三毛給你來信啦！」這是一批您的崇拜者，自您死後，他們一直沉浸於痛惜之中，這樣的話我全然以為是一種幻想。但禁不住還在問：「是真的嗎？你們怎麼知道？」他們就告訴說俊芳十點鐘收到的（俊芳是我的妻子，我們同在市文聯工作），她一看到信來自臺灣，住址最後署一個「陳」字，立即知道這是您的信，就拆開了，她想看又不敢看，啊地叫了一下，眼淚先流下來了，大家全都雙手抖動著讀完了信，就讓俊芳趕快去街上複印，以免將原件弄髒弄壞了。聽了這話，我就往俊芳的辦公室跑，俊芳從街上還沒有回來，我只急得在門口打轉。十多分鐘後她回來了，眼睛紅紅的，臉色鐵青，一見我便哽咽起來：「她是收到您的信了……」

收到了，是收到了，三毛，您總算在臨死之前接收了一個熱愛著您的忠實讀者的問候！可是，當我親手捧著了您的信，我腦子裡剎那間一片空白呀！清醒了過來，我感覺到是您來了，您就站在我的面前，您就充滿在所有的空氣裡。

這信是您一月一日夜裡二點寫的，您說您「後天將住院開刀去了」，據報上登載，您是三日入院的，那麼您是以一九九〇年最後的晚上算起的，四日的凌晨二點您就去世了。這封信您是什麼時候發出的呢？是一九九一年的一月一日白天休息起來後，還是在三日的去醫院的路上？這是您給我的第一封信，也是給我的最後一封信，更是您四十八年裡最後的一次筆墨，您竟在臨死的時候沒有忘記給我回信，您一定是要惦念著這封信的，那亡魂會護送著這封信到西安來了吧！

前幾天，我流著淚水寫了〈哭三毛〉一文，後悔著我給您的信太遲，沒能收到，我們只能是有一份在朦朧中結識的緣分。寫好後停也沒停就跑郵局，我把它寄給了上海的《文匯報》，因為我認識《文匯報》的肖宜先生，害怕投遞別的報紙因不認識編輯而誤了見報時間，不能及時將我對您的痛惜、思念和一份深深的摯愛獻給您。可是昨日收到《文匯報》另一位朋友的談及別的內容的信件，竟發現我寄肖宜先生的信址寫錯了，《文匯報》的新址是虎丘路，我寫的是原址圓明園路。我好恨我自己呀！以為那悼文肖先生是收不到了，就是收到，也不知要轉多少地方費多少天日，今日正考慮怎麼個補救法，您的信竟來了，您並不是沒有收到我的信，您是在收到了我的信後當晚就寫回信來了！

讀著您的信，我的心在痙攣著，一月一日那是怎樣的長夜啊！萬家燈火的臺北，下著雨，您孤獨地在您的房間，吃著止痛片給我寫信，寫那麼長的信，我禁不住就又哭了。您是世界上最具真情的人，在您這封絕筆信裡，一如您的那些要長存於世的作品一樣至情至誠，令我揪心裂腸的感動。您雖然在談著文學，談著對我的作品的感覺，可我哪裡敢受用了您的讚譽呢？我只能感激著您的理解，只能更以您的理解而來激勵我今後的創作。一遍又一遍讀著您的來信，在那字裡行間，在那字面背後，我是讀懂了您的心態，您的人格，您的文學的追求和您的精神的大境界，是的，您是孤獨的，一個真正天才的孤獨啊！

現在，人們到處都在說著您，書店裡您的書被搶購著，熱愛著你的讀者在以各種方式悼念您，哀思您，為您的死做著種種推測。可我在您的信裡，看不到您在入院時有什麼自殺的跡象，您說您「這一年來，內心積壓著一種苦悶，它不來自我個人生活，而是因為認識了您的書本」，又說您住院是害了「不大好的病」。但是，您知道自己害了「不大好的病」，又能去醫院動手術，可見您並沒有對病產生絕望，倒自信四五個月就能恢復過來，詳細地給了我通信地址和電話號碼，且說明五個月後來西安，一切都作了具體的安排，為什麼偏偏在入院的當天夜裡，敢就是四日的三點就死了呢？三毛，我不明白，我到底是不明白啊！您的死，您是不情願的，那麼，是什麼原因而死的呀！是如同寫信時一樣的疼痛在折磨您嗎？是一時的感情所致嗎？如果說這一切僅是一種孤獨苦悶的精神基礎上的刺激點，如果您的孤獨苦悶在某種方面像您說的是「因為認識了您的書本」，三毛，我完全理解作為一個天才的無法擺脫的孤獨，可牽涉到我，我又該怎麼對您說呢？我的那些書本能使您感動，是您對我的偏愛而令我終生難忘，卻更使我今生今世要懷上一份對您深深的內疚之痛啊！

這些天來，我一直處於恍惚之中，總覺得常常看到了您，又都形象模糊不清，走到什麼地方，凡是見到有女性的畫片，不管是什麼臉型的，似乎總覺得某一處像您，呆呆看一會兒，眼前就全是您的影子。昨日晚上，卻偏偏沒有做到什麼離奇的夢，對您的來信沒有絲毫預感，但您卻來信了，信來了，您來了，您到西安來了！現在，我的筆無法把我的心情寫出，我把筆放下了，又關了門，不讓任何人進來，讓我靜靜地坐一坐。不，屋裡不是我獨坐，對著的是您和我了，雖然您在冥中，雖然一切無聲，但我們在談著話，我們在交流著文學，交流著靈魂。這一切多好，那麼，三毛，就讓我們在往後的長長久久的歲月裡一直這麼交流吧。三毛！

一九九一年一月十五日下午收到三毛來信之後

第八章

第一節　臺灣來人

一九九一年五月二十九日，又是一個雨天，不是臺北的雨，是西安城裡的雨，很大。賈平凹剛剛從醫院回到家裡，這麼大的雨，和夏天的暴雨一樣，在門前的臺階濺起彈子一樣的水泡，還有風，風把玻璃窗擊打得啪啪響，門也被幾次吹開。他奇怪著門明明是關上的，風怎麼一會吹開，一會吹開的。他責怪著妻子為什麼不關門，妻子說關上了呀。他也去關了一次，門卻又開了，帶進來一股風。

他吃驚，疑惑著，心裡有些慌慌的，感覺像是有大事發生。

果真，當門再次被風吹開的時候，有一個客人小心翼翼地走了進來，他撐著一把黑色的大雨傘，可是雨還是打溼了他的肩頭。當他說出自己是從臺灣來的，賈平凹立刻從椅子上站了起來。他被這個彬彬有禮的陌生客人驚到了。

第一節　臺灣來人

客人十分謙卑地說：「賈先生你好。我姓陳，陳達鎮，是三毛生前的好友。突然地打擾到您，在下實在慚愧，請您務必原諒。」

一聽說是三毛的朋友，賈平凹立刻頓感親近，像是商洛家鄉來人一般。他上前拉著陳達鎮的手，口裡連說：「快到屋裡來，快到屋裡來。」

陳姓友人把雨傘遞給了賈平凹，任由他放在門前牆角。他說：「我的時間很緊，您的時間想必比我還緊，我送三毛的遺物到敦煌去，經過西安，一定要來看看你。一定是耽誤了您寶貴的時間。」

賈平凹一連聲地說好好好，一點也不耽誤。

陳姓友人眼睛有些澀澀地說：「我與賈先生素不相識，也無書信聯繫，到您府上，實在冒昧。」

賈平凹替陳姓友人遞上一杯熱茶，說：「這麼大的雨，西安城又這麼大，您是怎麼找到這裡來的？」

「我先是找到您的單位，您單位人說您在醫院，我到醫院，醫院又說您回家了——我就這樣找來了。」

第八章

賈平凹抱歉地說：「冒著這麼大的雨，真是的，真是的。」

彼此客氣恭敬之後，陳姓友人打開一只皮箱，皮箱裡面像是一堆女人的東西。

賈平凹似乎意識到了什麼。他說：「這些東西都是三毛的嗎？」

陳姓友人說：「是的。我帶來了三毛的遺物。」

賈平凹把目光放在遺物上，不敢用手去碰，他知道那些物件上都寄存著三毛的靈魂。三毛來了，她終於來了。一早他就覺得有大事發生，果然三毛御著風、駕著雨趕來了。她是一個驚天地的女人，所以駕著的雨就是這麼的大，她御著的風也這麼烈，一次次把關著的門撞開。

啊，三毛，妳這個世間的奇女子，我們這就算是見面了吧！妳還願意跟我去商州，我的故鄉那裡，去乘木筏，去看倒流河，騎上自行車，到雞鳴三省的白浪街去逛一逛嗎？那裡的小吃很有特色，我要妳一個個地品嘗，我還要問妳吃了以後的感想。看妳下一步，能不能把我的家鄉也寫進妳那奇幻的文字裡。

陳姓友人從一個大塑膠袋裡往外掏，掏出一頂太陽帽來，這是三毛生前一直戴著的；他又掏，掏出一條髮帶，紅色的，極有彈性。他說：「這是她的髮帶。」

陳姓友人又掏出一件水手裙。他的聲音有些哽咽了，說：「這是她的裙子，她最愛穿這件。這種裙子在臺灣，一般有些年紀的婦女是不大敢穿的，四十多歲的人了，敢穿的恐怕只有三毛了。三毛性情坦真，最不願受約束。」

賈平凹說：「就是的，我在報上看到過她的一張照片，是她在成都的街頭，赤了腳坐在一家木板門面前，樣子頑皮如小狗……三毛穿了這件水手裙走著，走著的是個性，走著是瀟灑呀！」

陳姓友人還在掏著，是一件棉織衫，一條棉織褲，全是白色的，上面似乎還殘留著幾點什麼斑痕。他說：「我沒有帶她的襪子……三毛是以長筒絲襪懸頸的，襪子對於我們都太刺激了。」

陳姓友人最後掏出來的是一包西班牙產的餐巾紙，一瓶在沙漠上護膚的香水，一包美國香菸，淡味型的，硬紙盒裡僅剩五支了，明顯已經發霉了。他邊掏邊說：「這些都是三毛十多年來一直喜歡用的。」

賈平凹凝視遺物，已是濟然淚下了。他幽幽地說：「先生這是要送三毛去哪裡呀？」

陳姓友人說：「三毛說要流浪，流浪遠方。現在我就把這些遺物帶到遠方，帶到敦煌，帶到沙漠裡。」

賈平凹長嘆了一聲。

「啊，冥冥之中，三毛的幽靈是真真切切地到了啊！我看見她了！都說是神使鬼差，先生，你如此耐煩辛苦，合該是三毛的神使鬼差呢！」

賈平凹默默說著：「啊，三毛，她從頭到腳的穿戴，吃的用的小東西，完整在眼前了，那三毛確實是來看我了呀！我也確確實實地見到三毛了呀！」

賈平凹久久地目視著三毛的遺物，一句話也說不出來。此刻能說什麼呢？物在人去，生命已不可復得。她的歸宿是她選擇的。她的選擇應該是對的，瀟灑而美麗，雖然對於讀者是一種遺憾和痛惜。

賈平凹走到窗前，推開窗扇，雨還在下，簷前垂下粗而白的雨，扯也扯不斷。他心裡又在說：「三毛，我不知此刻該對妳說些什麼，我想說，三毛妳好，我還想說一句，阿彌陀佛。」

又是一陣風，窗戶被風打了回來，「啪」的一聲合在窗框上，賈平凹知道那是三毛在回應著他。

他臉色鐵青，顫抖著手點起了菸，頹然坐在椅子上。

陳姓友人注意到了賈平凹的臉色，關切地說：「賈先生，您的臉色很是可怕，您別難過。」

賈平凹掐滅了菸頭，再一次走到窗邊，他對著從天而降的大雨和那茫茫無垠的天空說著：

「三毛，元月十六的清晨，妳將妳生命的最後一封信，於亡日後第十一天寄給了我，妳信上寫著五月分妳是要來西安的。現在不就是五月嗎？三毛，妳果然不食言，妳真的在五月的最後的日子來到了！我此刻見到的雖然不是妳的真人，但以妳的性格和我的性格，這種心靈的交流，是最好的會見方式啊！」

陳姓友人說：「我居住的地方與三毛家很近。我常常去她那兒聊天，三毛生前對我說過，如果有天她死了，希望一半葬在臺北，一半就留到浙江鄉下的油菜田邊。去年十月，她到西北，到了沙漠，主意改變了，她希望能葬在敦煌石窟前的鳴沙山上，她說她把地點方位都選好了。」

賈平凹沉痛地說：「鳴沙山，三毛真會為自己選地方，那裡我是去過的，多麼神奇的山，全然淨沙堆成，千人萬人旅遊登臨。相傳在那裡出過天馬。鳴沙山，月牙湖，連同莫高窟構成了藝術最奇豔的風光，三毛要把自己的一半永遠安住在那裡，她懂得美的，她懂得佛。」

陳姓友人又打開了厚厚的三本相冊，都是三毛生前的照片，有一張拍攝的是三毛的靈堂，一張是三毛追思彌撒的場面，一張是三毛人生最後一張照片，坐在屋中桌前的照片，她轉過頭看著什麼，像是聽到有人叫她，但回頭來卻什麼也沒有，她的眼裡盡是哀愁……

後來，我整理了一下三毛的照片。三毛童年的照片是歡喜的，少年的照片是清純的，和所有滿懷著夢想的少女一樣，和荷西在一起的照片是甜美的。都說三毛長得不漂亮，可是你看這幾個階段的照片，三毛也是很漂亮的，她有著明亮的大眼睛，而且眼睛非常靈動，她的臉型也很好，是標準的鵝蛋臉，更不用說她頎長的身材，她對美有著超乎尋常的鑑賞力，她為自己選的衣服每一件都很好，特別是那別具風情的波西米亞服裝，使她成為像天外來客一樣的人物，她的風韻蓋世無雙。

但是，在生命的最後時刻，她的臉上卻蒙上了一層厚厚的憂傷，這憂傷毀壞了她美麗的臉孔，儘管她說起話來聲音十分好聽，像是少女一樣的清脆，還帶著嬌憨，可是她的臉卻寫滿了擦不掉的愁苦和憂傷。看她那張獨自行走在成都街頭的照片，穿著波西米亞式服裝，多麼灑脫多麼浪漫的一個女人，可是眼角眉梢都是恨，臉色濃重得像是黑雲滾滾的天空。無怪乎賈平凹也說「我看著三毛的那張苦臉」。

我每次看到三毛這張照片都想落淚，說句俗話：「相由心生」，是什麼樣的心讓三毛生出了這般苦相、哀相，還有愁相？是荷西的離世，是王洛賓的婉拒，還是對走下去的深深焦慮？我們都不知道了。我們知道的是，美麗的三毛被歲月折磨得變了樣，變成了連她自己都不想看的樣子。所以，她毅然決然地選擇了自殺，把那所有的哀傷所有的絕望都和肉體一起消滅。如果有靈魂，就讓靈魂乾乾淨淨地存在吧！

陳姓友人噙著淚講述著：「三毛死後，她的母親在醫院整理遺物，發現病床枕邊還放著賈先生的一本書。老太太感謝為三毛住院和後事幫了大忙的一位醫生，您的那本書就送作紀念了。」

陳姓友人說著，掏出了那本書，說：「我也有禮物要送您。」

他把書遞給賈平凹，「這是三毛贈送給我的《滾滾紅塵》，這是她生前最後一部作品……我再送給你吧！」

接過書，賈平凹渾身都在顫抖了。書是一個深棕色的封面，上端四個白色的大字：三毛作品，左下是三毛的照片，應當是三毛後期的照片，梳著永遠中分的頭髮，盤了起來，珍珠耳環露了出來，很是優雅的女人，衣服是高領的，領口和旗袍一樣的，很有點張愛玲的味道，可惜，那雙眼睛是那麼滿含憂傷，還有很多的幽怨，說不出來的幽怨，對這個世界的不解和埋怨。

看到這雙眼便躲不開了，她像是追著你要說話一樣。三毛照片下方，就是衣服第一顆釦子那裡跳出一行字，紅色的，很醒目：滾滾紅塵。

封面的右側印著一排排的小字，還是白色的，寫著：

鎖，這種中國的飾物帶著「拴命」的意思，孩子生下來給個小鎖戴上，那麼誰也取不去心肝寶貝的命了。不想它的象徵意義戴著還算好玩，稍一多想，就覺得四周全是張牙舞爪小鬼妖魔等著伺機索命。這種時候，萬一晚上睡覺時拿下鎖來，心裡必定發毛。

是去臺北光華商場看人家開標賣玉的，這非常有趣，尤其是細看那些專心買物，低聲交談的一桌人，還有冬夜裡燈下的玉。

看了好一會，沒取下標，傳遞中的玉又使我聯想到「寶玉」、「黛玉」、「妙玉」、「玉色大蝴蝶」……欲欲欲欲……

賈平凹默唸著這些文字，只屬於三毛的文字。良久，他對陳姓友人說：「這禮物何嘗不又是三毛暗中的旨意呢？這是永久的紀念品，夠我一生來珍存了！」

賈平凹往陳姓友人的茶杯裡又續了水，自己點上了菸。他問一臉悲戚的陳姓友人，此次去敦煌怎樣活動。

陳姓友人說：「原準備到了鳴沙山，就在三毛選中的方位處修個衣冠塚，豎一塊牌子，但後來又想，立碑子太驚動地方，勢必以後又會成為個旅遊點，這不符合三毛的性格。她是真情誠實的人，不喜歡一切的虛張，所以就想在那裡焚化遺物，這樣更能安頓她的靈魂。」

賈平凹說：「我非常地感謝你，為三毛了卻心願。我也想和你一起去鳴沙山，可我身體有病，不能同陳先生一塊去敦煌，我真的是遺憾呀！」

西安街頭，大雨還在下著，陳姓友人撐著傘，賈平凹披著雨衣。天空混沌一片，滿天的雨水淋打在傘上劈啪作響。

陳姓友人對賈平凹說：「賈先生，您回吧！」

賈平凹向陳姓友人揮手：「您一路保重，順利到敦煌。」

陳姓友人也揮揮手，踏雨而去，又回過頭來，留下一個苦笑。在陳先生的微笑裡，

第八章

賈平凹覺得自己分明是看到了三毛的微笑。

賈平凹站在白絲瀟瀟的雨中，凝望著陳姓友人消失在雨中人流裡的背影，痴痴地想，這微笑應該是三毛的，三毛式的微笑，她微笑著告別了。雨嘩嘩地下著，積水中，都是水泡，生成，又破滅；又生成，又破滅……是三毛的身影消失在窄窄的長長的小巷的那頭了嗎？

賈平凹仰頭看天，忽然西北方似有雷聲響起，像海濤一般地陣陣滾過。雷聲轟鳴裡，雨水落滿了他的淚臉。這灰濛濛的天啊！你有了聲音，是雷嗎？是隱隱的雷嗎？要是雷，那麼，便是三毛的靈魂在啟行了，脫離了軀體的靈魂是更自由的。三毛，妳在臺北，妳在敦煌，妳隨著月亮的周返轉往兩地，妳會是做了月裡的嫦娥，仙人之眼夜夜注視著妳和妳的祖國。妳又會是在那莫高窟裡做一個佛的，一個不生不死無生無死的佛！

三毛呀！

第二節　三毛的衣冠塚

敦煌鳴沙山，三毛去世前選定的歸宿地。

此地在佛窟的正面，過沙梁，越沙溝，是一面平坦的沙漠。站在沙坡往前看，剛好是莫高窟正面。

畫家「青蛙」和陳姓友人站在這一片沙海裡。「青蛙」執鍬，挖出一個大沙坑；陳姓友人動手，扒沙，撿石子，將挖出的沙坑圍成一個圓。

陳姓友人拿出三毛遺物，褲子、上衣、帽子、包包、髮帶，還有美國香菸，一起放進沙坑裡，「青蛙」點燃。一群黑蝴蝶般的灰片冉冉升天。

陳姓友人端起一杯酒，和「青蛙」碰過，灑向沙坑。

「三毛，妳請安息吧！」陳姓友人和「青蛙」一前一後地說著。

然後，陳姓友人和「青蛙」，手捧一把把的沙，撒進沙坑裡。漸漸地，沙坑在銀粉般的沙粒撒落中成為小小一塚。「青蛙」又從遠處採來一束馬蘭花，鄭重地插在塚頂。此時，紅日西沉，血色的光輝勾勒出對面那一排排佛洞的壯麗輪廓。沙漠異常輝煌。

一個幻影出現，是賈平凹，在塤的伴奏聲裡，賈平凹讀著寫給三毛的信：

這些天來，我一直處於恍惚之中，總覺得常常看到了您，又都形象模糊不清，走到什麼地方凡是見到有女性的畫片，不管是什麼臉型的，似乎總覺得某一處像您，呆呆看一會兒，眼前就全是您的影子。昨日晚上，卻偏偏沒有做到什麼離奇的夢，對您的來信沒有絲毫預感，但您卻來信了，信來了，您來了，您到西安來了！我們在談著話，我們在交流著文學，交流著靈魂。這一切多好啊！那麼，三毛，就讓我們在往後的長長久久的歲月裡一直這麼交流吧！

三毛！

第三節　不死鳥

三毛死了。只用了一隻絲襪，這位絕世女子就像一陣風一樣走了。多少年過去了，對三毛的懷念卻永不止息。而賈平凹悼念三毛的文章，也成為了文學史上永遠的經典。〈哭三毛〉、〈再哭三毛〉，賈平凹的哭，又豈止是他一個人的哭，每一個愛著三毛的人和他的讀者都在哭。

三毛，我這樣愛妳卻讀不懂妳，三毛，為什麼妳選擇結束自己的生命？在黑暗的夜裡，我久久不語。

我真的不懂妳，三毛。

第三節　不死鳥

有多少人發出這樣的聲音？三毛，妳可曾聽見……

一遍遍閱讀妳的文字，總想從裡面找到妳愛的蹤跡，找到妳自殺的理由。

三毛有篇文章叫做〈不死鳥〉，我每每讀它，都禁不住熱淚盈眶。三毛，妳說，妳要做一隻不死的鳥，可偏偏妳卻食了言。

妳說：雖然預知死期是我喜歡的一種生命結束的方式，可是我仍然拒絕死亡。在這世上有三個與我個人死亡牢牢相連的生命，那便是父親、母親，還有荷西，如果他們其中的任何一個在世上還活著一日，我便不可以死，連神也不能將我拿去，因為我不肯，而神也明白。

妳說：前一陣在深夜裡與父母談話，我突然說，如果選擇了自己結束生命的這條路，你們也要想得明白，因為在我，那將是一個更幸福的歸宿。

三毛呀，妳有多傻，這樣的話怎能說給父母，這不是用刀割父母的心嗎？這太殘忍了，三毛。

果然，妳的母親聽了這話，眼淚迸了出來，她不敢說一句刺激妳的話，只是一遍又一遍喃喃地說：「妳再試試，再試試活下去，不是不給妳選擇，可是請求妳再試一次。」

而妳的父親，他坐在黯淡的燈光下，語氣幾乎已經失去了控制，他說：「妳講這樣無情的話，便是叫爸爸生活在地獄裡，因為妳今天既然已經說了出來，使我，這個做父親的人，日日要活在恐懼裡，不曉得哪一天，我會突然失去我的女兒。如果妳敢做出這樣毀滅自己生命的事情，那麼妳便是我的仇人，我不但今生要與妳為仇，我世世代代都要與妳為仇，因為是——妳，殺死了我最最心愛的女兒。」

三毛，這時妳說，妳的淚水瀑布似地流了出來，妳坐在床上，不能回答父親一個字，房間裡一片死寂，然後父親站了起來慢慢地走出去。母親的臉，從妳的淚光中看過去，靜靜地好似在抽筋。

妳說：蒼天在上，妳必是瘋狂了才會對父母說出那樣的話來。

三毛，妳的讀者們都知道，像妳自己明白的那樣明白，妳的生命在愛妳的人心中是那麼的重要，妳的念頭，使得經過了那麼多滄桑和人生的父母幾乎崩潰，在女兒的面前，他們是不肯設防地讓妳一次又一次地刺傷，而妳，好似只有在丈夫的面前才會那個樣子。

許多個夜晚，許多次午夜夢迴的時候，妳躲在黑暗裡，思念荷西幾成瘋狂，相思，像蟲一樣地慢慢啃著妳的身體，直到妳成為一個空空茫茫的大洞。夜是那樣的長，那麼的黑，窗外的雨，是妳心裡的淚，永遠沒有滴完的一天。

妳總是在想荷西，總是又在心頭裡自言自語：「感謝上天，今日活著的是我，痛著的也是我，如果叫荷西來忍受這一分又一分鐘的長夜，那我是萬萬不肯的。幸好這些都沒有輪到他，要是他像我這樣的活下去，那麼我拚了命也要跟上帝爭了回來換他。」

失去荷西，妳尚且如此，如果今天是妳先走了一步，那麼妳的父親、母親及荷西又會是什麼情況？妳從來沒有懷疑過他們對妳的愛，讓妳的父母在辛勞了半生之後，付出了他們全部之後，再叫他們失去愛女，那麼他們的慰藉和幸福也將完全喪失了，這樣尖銳的打擊不可以由他們來承受，那是太殘酷也太不公平了。

三毛，這些妳都是懂的呀！

妳說：「要荷西半途折翼，強迫他失去相依為命的愛妻，即使他日後活了下去，在他的心靈上會有怎麼樣的傷痕？會有什麼樣的烙印？如果因為我的消失而使得荷西的餘生再也不會有一絲笑容，那麼我便更是不能死。」

三毛，這話可是妳說的呀！妳把它寫在〈不死鳥〉裡，妳忘記了嗎？

妳還說：「這些，又一些，因為我的死亡將帶給我父母及丈夫的大痛苦，大劫難，每想起來，便是不忍，不忍，不忍又不忍。」

妳說：「畢竟，先走的是比較幸福的，留下來的，也並不是強者，可是，在這徹心的苦，切膚的疼痛裡，我仍是要說——為了愛的緣故，這永別的苦杯，還是讓我來喝下吧！」

三毛，妳真是喝下了這永別的苦杯！

妳說：「我願意在父親、母親、丈夫的生命圓環裡做最後離世的一個，如果我先去了，而將這份我已嘗過的苦杯留給世上的父母，那麼我是死不瞑目的，因為我明白了愛，而我的愛有多深，我的牽掛和不捨便有多長。」

是啊，三毛，妳說得多好呀！

可是妳又說，妳是沒有選擇地做了暫時的不死鳥，雖然妳的翅膀斷了，妳的羽毛脫了，妳已沒有另一半可以比翼，可是那顆碎成片片的心，仍是父母的珍寶。再痛，再傷，只要他們不肯妳死去，妳便也不再有放棄他們的念頭。

妳說，總有那麼一天，在超越我們時空的地方，會有六張手臂，溫柔平和地將妳迎入永恆，那時候，妳會又哭又笑地喊著他們——爸爸、媽媽、荷西，然後沒有回顧地狂奔過去。

妳說：「這份文字原來是為另一個題目而寫的，可是我拒絕了只有三個月壽命的假想，生的艱難，心的空虛，死別時的碎心又碎心，都由我一個人來承當吧！」

妳說：「父親、母親、荷西，我愛你們勝於自己的生命，請求上蒼看見我的誠心，給我在世上的時日長久，護住我父母的幸福和年歲，那麼我，在這份責任之下，便不再輕言消失和死亡了。」

三毛呀，妳說妳不再輕言消失和死亡，妳要做一隻不死的鳥。

為什麼，為什麼，妳卻又成了突然消失的鳥、死去的鳥？

第九章

第一節　鳴沙山的祭奠

河西走廊，是沙的世界，少石岩，少飛鳥，罕見樹木，也罕見花草；荒荒寂寂的戈壁大漠，地是深深的闊，天是高高的空，出奇的卻是敦煌城南，三百里地方圓內，沙不平鋪，堆積而起伏，低者十米八米不等，高則二百米三百米直指藍天，壟條縱橫，遊峰迴旋，天造地設地竟成為山了。沙成山自然不能凝固，山有沙因此就有生有動：一人登之，沙隨足墜落；十人登之，半山就會軟軟泄流；千人萬人登過了，那高聳的驟然挫低，肥臃的驟然減瘦。

這是沙山之形啊！

其變形之時，又出奇轟隆鳴響，有悶雷滾過之勢，有鐵騎奔馳之感。

這是沙山之聲啊！

沙鳴過後，萬山平平，一夜風吹，卻更出奇的是平堆竟為丘，小丘竟為峰，輒復還如。

這是沙山之力啊！

進入十里，有一泉水，周回千數百步，其水澄澈，深不可測，彎環形如半月，千百年來不溢，不涸，沙漏不掉，沙掩不住，明明淨淨在沙中長居。

這是沙山之神祕啊！

《漢書》載：「元鼎四年，有神馬（從泉中）出，武帝得之，作天馬歌。」現天馬雖已遠走，泉中卻有鐵背游魚，七星水草，相傳食之甘美，亦強身益壽。

這是沙山之精靈啊！

敦煌久為文化古都。敦者，大也；煌者，盛也。舊時為絲綢之路咽喉，今日是西北高原公路交通樞紐。自莫高窟驚世駭俗以來，這沙山也天下稱奇，多少年來，多少遊客，大凡觀了人工的壁畫，莫不再來賞這天地造化的絕妙的。放眼而去，一座沙山，又一座沙山，偌大的蘑菇的模樣，排列中錯錯落落，紛亂裡有聯有繫；豎著的，順著的；脈絡分明，走勢清楚，梁梁相接，全都向一邊斜彎，呈弓的形狀；橫著的，岔著的，則

第九章

半圓交疊，弘線套叉，傳一唱三嘆之情韻。

這是沙山之遠景啊！

沿沙溝而走，慢坡緩上，徐下慢坡，看山頂不高，濛濛並不清晰，萬道熱氣順陽光下注，浮陽光上騰，忽聚忽散，散則絲絲縷縷，聚則一帶一片，暈染夢幻，走近卻一切皆無，偶爾見三米五米之處有彩光耀眼，前去細辨，沙竟分五色：紅、黃、藍、白、黑，不覺大驚小怪，腳踹之，手掬之，口袋是裝滿了，手帕是包飽了，滿載欲歸，卻一時不知了東在哪裡，西在何方？茫然失卻方向了。

這是沙山之近景啊！

登至山巔，始知沙山之背如刀如刃，赤足不能穩站，而山下泉水，中間的深綠，四邊淺綠，深綠綠得莊重的好，淺綠綠得鮮活的好。四周群山倒影又看得十分明白，疑心山有多高，水有多深，那水面就是分界線，似乎山是有根在水，山有多高，根也便有多長；人在山巔抬腳動手，水中人就豆粒般地倒立，如在瞳仁裡，成千上萬倍地縮小了。

這是沙山之俯景啊！

站在泉邊，借西山爽氣豁人心神，迎北牖涼風蕩滌胸次，解懷不臥，仄眼上眺，四面山坡無崖、無穴、無坎、無坑，漠漠上下，光潔細膩如豐腴肌膚。

這是沙山之仰景啊！

陰風之日，山山外表一尺左右團團一層迷離，不即不離，如生煙生霧，如長毛長絨，悲鳴齊響，半晌不歇，月牙泉內卻水波不興，日變黃色，下澈水底，一動不動，猶如泉之洞眼。盛夏晴朗天氣，四山空洞，如在甕底，太陽伸萬條光腳，緩緩走過，沙不流不瀉，卻絲竹管弦之音奏起，看泉中有魚躍起，亦是無聲，卻漣漪擴散，不了解這泉是一泓樂泉，還是這山是一架樂山？

這是沙山動中靜，靜中動之景啊！

天上的月有陰晴圓缺之變化，沙月卻有明淨和碧清，時令節氣有春夏秋冬之交替，沙山卻只有漫下、聳起和自鳴。這裡封塞而開放，這裡荒僻而繁華，有整晌整晌趴在沙裡按動照相機的，有女的在前邊跑，男的在後邊追，從山巔呼叫飛奔，身後煙塵騰起，作男女飛天姿勢的，是外國遊人之狂歡啊！

有一邊走，一邊回顧，身後的腳印那麼深，那麼直，驚嘆在城裡的水泥街道上從未留過自己腳印，而在這裡才真正體會到人的存在和價值的，是北京、上海、廣州的旅人之得意啊！

有鮮衣盛裝，列隊而上，橫坐一排，以腳蹬沙，奮力下滑，聽取鐘鼓雷鳴之聲空谷迴響，至夕盡歡才散的，是當地漢人、藏人端陽節之興會啊！

有三伏炎炎之期，這兒一個，那兒一個，將雙腿深深埋入灼極熱極的細沙之中，頭身覆以傘帽，長久靜坐，飢則食烏雞肉，渴則飲蠍蛇酒，至極痛而不取出的，是天南海北腰痛腿疼症人療治疾苦啊！

九月九日秋高氣爽，有斯斯文文長臉白面之人，或居沙巔望遠觀近，或臥泉邊舀水烹茶，詩之語之，盡述情懷的，是一群從內地而至的文學作者啊！

有一學子，卻與眾不同，壯懷激烈，議論哲理，說：自古流沙不容清泉，清泉避之流沙，在此淵含止水相鬥相生，矛盾得以一統，一統包容運動；接著便吟出古詩一首：

「四面風沙飛野馬，一潭雲影幻游龍。」

此人姓甚名誰，不可得知，但黑髮濃眉，明眸皓齒，風華正茂，是一赳赳少男啊！

以上是賈平凹寫的〈敦煌沙山記〉的段落，大約寫於一九八三年，是他的〈河西遊品七篇〉之一，也收在他寄給三毛的那本《賈平凹散文自選集》裡。

三毛有沒有讀到這一篇呢？這可是專門寫鳴沙山的啊！難道這又是冥冥中的安排？

第一節　鳴沙山的祭奠

二〇〇〇年，也即三毛去世之後的第九年，在敦煌鳴沙山，茫茫蒼蒼沙海裡，走來了幾個人，他們在尋找一個埋在這裡的人，尋找她湮滅在浩瀚沙海裡的衣冠塚。

站在鳴沙山，他們有些不知所措。

孫見喜說：「咱們還是很幼稚的，以為鳴沙山就景區那麼點地方，很容易找到三毛的衣冠塚的。」

賈平凹說：「鳴沙山連綿幾十里沙丘，讓我再次覺得自己是多麼的無知，非有緣人如我，對著如此廣寬的沙漠，又如何能覓得她的衣冠塚呢？」

劉寬忍說：「既然來了，說什麼也得找到三毛的衣冠塚。」

孫見喜說：「沙漠把三毛淹沒了，她的衣冠塚大概是找不到了。」

賈平凹說：「三毛不願意把她的衣冠塚變成一個旅遊點，她不愛那種熱鬧東西。我們還是再往遠處走走。」

他們又慢慢走了一段，依然是茫茫沙海，那小小的衣冠塚，簡直就是海水裡漂浮著的一片葉子，無法打撈。

孫見喜真的發愁了，說：「可是，這麼大一片，我的眼睛都被沙子上的反光晃疼

第九章

了，我們在哪裡祭奠三毛呀？」

費秉勳說：「這個事還是應當交給平凹。平凹和三毛有感應，她會指示平凹的——平凹，你對著這茫茫沙海默唸一下吧！」

賈平凹說：「好，我們一起默唸吧！」

賈平凹、孫見喜、劉寬忍、費秉勳，站在了無痕跡的沙漠之中，心中默唸。默唸之後，四人又來到一處高地，賈平凹默默地在四周觀察地勢，登高，跑遠，又走回；再登高，瞭望，跳回到一個山窪裡。

賈平凹說：「對，應當就在這裡！」

劉寬忍懷疑地問：「這個？」

賈平凹肯定地說：「對，就是這裡。這裡地形很美，很漂亮。三毛是愛美、懂美的女人，她一定在這，在這裡！」

劉寬忍又說：「可我看這裡的山窪和別處沒什麼不同，你憑什麼這麼肯定呢？」

孫見喜附和著劉寬忍說：「是呀，是和別處沒什麼不同。」

費秉勳說：「平凹說的大概沒錯，他是懂堪輿的，會看風水。」

第一節　鳴沙山的祭奠

賈平凹說：「論看風水，我比不上老師。我是覺得，我像是看到了三毛，一個白衣飄飄的女子，她就在我指的那個地方，她像是哭了。忽然又不見了，我再一看，她變成了一朵雲，你們看，前方頭頂上是不是有一朵雲？那麼白的雲。」

四人一起抬頭，果見前方頭頂有一朵雲，格外潔白，格外透亮。

孫見喜說：「祭奠三毛，可不是小事，你可一定要弄準啊，不能玄乎。」

劉寬忍也說：「是啊，不能玄乎。」

賈平凹說：「那麼，我們搞一個預測吧……這五分鐘之內，如果從遠處過來一個白衣飄飄的女子，就肯定這個地方，就是三毛的衣冠塚。」

賈平凹、孫見喜、費秉勳、劉寬忍一齊看錶。時間剛好，一個著白裙子的女子從他們面前走過。

於是，四人站成一排，賈平凹把三支香菸一根根點燃，又一根根插上。煙氣下沉。

賈平凹獨自說著：「三毛，妳在這裡，白天這裡是小了，可是夜裡，四面的風會將山吹高吹大，那沙的流動呈一層薄霧，美麗如佛的靈光，且五音齊鳴，仙樂動聽。更是在那山的腳下，有清澄幽靜的月牙湖，沒源頭，也沒口，千萬年來日不能晒乾，風也吹

第九章

不走。妳一生跑遍了世界，最後的依戀還是沙漠，鳴沙山可以重溫到撒哈拉的故事，月牙湖可以浸潤溫柔的夜，妳喜歡音樂和繪畫，正好宜於在莫高窟。誰的生活如此這般的美麗，死後又能選中這般地方浪漫？」

「只有妳呀，三毛，妳是中國的作家，妳的作品激動過海峽兩岸無數的讀者，妳終於將自己的魂靈一半留在有日月潭的臺灣，一半遺給有月牙湖的祖國的西北。月亮從東到西，從西到東，清純之光照著一個美麗的靈魂。妳美麗的靈魂也從東到西、從西到東留在了大地上，讓讀者永遠記著了一個叫三毛的作家。」

孫見喜說：「三毛，妳聽，『天上的月兒一面鑼』。妳可聽見？」

賈平凹說：「三毛，妳若聽見，知曉了，就顯個靈吧！」

茫茫沙丘上，突然有一隻綠豆般大小的蜘蛛，在沙漠的沙面上迅疾跑過來，蹲到香菸下面。

孫見喜驚異道：「沙漠裡怎麼會有蜘蛛呢？」

平凹說：「三毛，我知道妳知道我們來了，我來了，來看妳了；蜘蛛來了，妳派蜘蛛告訴我，妳知曉了。」

第一節　鳴沙山的祭奠

賈平凹在沙地上一筆一畫地寫上四個字：

懷念三毛！

此刻，太陽照在沙漠上，無數細碎的沙粒被鍍上了金色，它們會在一起浩浩蕩蕩地向天邊鋪陳過去，像黃河之水奔騰入海一般。黃沙的奔騰是浩渺無邊的，無邊之中又掀起一層層的波紋，像是上帝之手的指紋。

他們都被這奇異之景震撼了，許久說不出一句話來。

還是賈平凹打破了沉默，他說：「我們一起把那首三毛的歌演奏一下吧！」

三人一起說：「好。」

費秉勳彈琴，孫見喜吹簫，劉寬忍吹塤，賈平凹哼唱。音樂響起：**不要問我從哪裡來，我的故鄉在遠方，為什麼流浪，流浪遠方，流浪……**

太陽西沉，鳴沙無語，落寞的影子留在了身後，啊！是誰曾在沙漠裡留下如此淒美的痕跡？

別了，鳴沙山。別了，敦煌。別了，所有過往的一切。

第二節　王洛賓最後的歌

一九九〇年的秋天，當三毛心灰意冷，帶著那只盛滿衣物的手提箱離開的時候，王洛賓不知道有無頓悟到自己失去了一份彌足珍貴的感情？

一九九一年一月四日，當王洛賓得知三毛去世的消息之後，他悲慟不已。他曾以為拒絕便是善待，殊不知，當他硬起心腸逼走她時，卻將惺惺相惜的兩個人推至天人永隔的兩端。

於是，恍惚迷離之中，他寫下了最後一首情歌：

〈等待〉

——寄給死者的戀歌

你曾在橄欖樹下，等待又等待

我卻在遙遠的地方，徘徊再徘徊

人生本是一場迷藏的夢，切莫對我責怪

為把遺憾贖回來，我也去等待

每當月圓時，對著那橄欖樹，獨自膜拜

你永遠不再來，我永遠在等待

等待、等待、等待、等待

越等待，我心中越愛！

可惜，三毛已經永遠聽不到這情深似海的呼喚了。有詩云：你走後，人間就冷了。總以為有機會說一聲對不起，卻從沒想過每一次揮手道別，都可能是訣別。每一聲嘆息，都可能是人間最後的一聲嘆息。

五年後，王洛賓在新疆溘然長逝。

第三節　賈平凹再談三毛

二〇〇九年，賈平凹接受一位臺灣記者的專訪，第一次公開談到三毛。以下是訪談內容。

記者：三毛曾說過你是跟她最有感應的大陸作家，你有沒有這樣的感覺呢？

賈平凹：那是三毛談的，她在給我的信上那樣寫的。

記者：你當時看到這句話有什麼樣的感想呢？

賈平凹：當時，感謝她吧。她用的是《紅樓夢》的那種語言，就像張愛玲這些人，我覺得她很有才氣。

記者：在寫作上的互補性差異似乎是你們互相欣賞的一個契機。

賈平凹：可以說有那樣的感覺吧！但我和三毛沒見面也沒深入交談過，她給我那封信你見過嗎？

記者：我讀過那封信。

賈平凹：她給我寫信的情形是，當時她見過陝西一些人，捎過好多信息過來。後來，她就給我寫了一封信，等我收到信時，她已經去世了。

記者：你是收到三毛最後一封信的人，當你知道這一點時，心裡是怎樣的感受？

賈平凹：當時收到信，三毛已經去世十多天了，確實很驚訝，看到信很感動，很惋惜她生命太早結束。現在過去十多年了，有時候會想起她。中國很多作家還活著，他們的文學作品已經完蛋了；而三毛去世十多年了，人們還在悼念她，還在讀她的文章。

記者：你們最終沒能會面，那在你心目中，三毛是什麼樣的呢？

第三節　賈平凹再談三毛

賈平凹：三毛是個真實的人，一個了不起的優秀作家。她的性格和文章都極有特色，她的文字特別有感覺，語感特別好。

記者：你被這麼可愛的女孩子稱為「大師」，是不是感覺不一樣？

賈平凹：那是人家的感受，我在信上感謝她了，我自己也不像她說的那麼好。

記者：有的人欣賞她的流浪，有的人欽佩她對愛情的忠貞，你覺得三毛最迷人之處在哪裡？

賈平凹：我覺得她是生活得很實在也很真實的一個人，她能把對生活的感受、對生命的體驗真實地表達出來，而且活得挺瀟灑的。

記者：認識前後的感覺有沒有不一樣？

賈平凹：還是一樣的。認識前我就看過她好多作品，我覺得她寫得挺有意思，寫得挺好的。當時也沒想到能通過書信和她成為朋友。

記者：你如何看待這份友誼？

賈平凹：當時我們接觸不是很多，她的去世對我來說很悲痛。二〇〇〇年我為了寫一本書，從西安出發到新疆，經過鳴沙山，那兒有三毛的衣冠塚。當時我去那兒找的時候沒有找到，但感覺她就在某處地方埋著——她的衣冠塚上沒有做任何標誌，這也符合她的性格。我們幾個人都覺得她就在這裡，於是我們向她敬了幾支菸，香菸燃燒得非常快，而且有幾個小蜘蛛從遠處飛快爬過來，爬到香菸下邊。因為在沙漠上，看到那些小蜘蛛，我們覺得很驚奇。那是一個很奇特的場景。當時我們拿著照相機、攝像機把它們拍下來。我在沙堆上寫了「懷念三毛」。感覺她應該在這個地方埋著。有種心靈感應。

記者：三毛在當代女性寫作中處於一個什麼位置？

賈平凹：這個不好比較。但我覺得三毛的感覺超出好多女作家之上。遺憾的是她結束生命太早，要不她還能寫好多東西。

記者：有的人認為三毛是一個時代偶像，你這麼看嗎？

賈平凹：到現在，三毛已經去世近二十年，回過頭看她那個時代有那麼多人崇拜她。一個作家有那麼多人愛她，愛讀她的書，一般作家是做不到的。如果她還活著，相信她還繼續在寫東西，她一定能寫出很多不一樣的作品。一個時代造就一個作家，可以說三毛代表了那個時代。

記者：當下對三毛的非議主要集中在一點，有些人考證說她的作品和她的生活不吻合（編按：馬中欣《三毛真相》），而她的死據說也證明了她所構造的撒哈拉天堂的破產，您怎麼評價這些觀點？

賈平凹：我覺得那無聊得很，這是毫無意義的。寫文學作品不是寫日記。即使寫自己的經歷也很難完全跟現實生活吻合，不能要求和現實生活一模一樣，文學就是個虛構性的東西，只要把真實的思想、真實的感情傳達出來就足夠了。像那些去考證的人，我覺得起碼動機不好。有些人是功利的，嘩眾取寵的做法。

附：本文參考

一、參考文獻：

．孫見喜，一九九四。《鬼才賈平凹》。山西：北嶽文藝。

．孫見喜，二〇〇一。《賈平凹前傳》。廣州：花城。

．孫見喜、孫立盎，二〇一七年五月。《賈平凹傳》。陝西：陝西人民。

．孫見喜，一九九九年十一月。《浮躁點評本》。湖北：長江文藝。

．孫見喜，二〇〇六年六月。《孫見喜評論集》。陝西：太白文藝。

．中國作家文庫，一九九五年一月。《商州——說不盡的故事》。北京：華夏。

．費秉勳，二〇一八年九月。《賈平凹論》。陝西：陝西人民。

．費秉勳，二〇一八年九月。《中國古典文學的悲與美》。陝西：陝西人民。

．程華，二〇一五年十月。《商州情結 長安氣象》。陝西：陝西人民。

．賈平凹、韓魯華，二〇一六年十月。《穿過雲層都是陽光——賈平凹對話韓魯華》。北京：北京聯合。

．王新民，二〇一八年八月。《策劃賈平凹》。陝西：陝西師範大學。

·何丹萌，二〇一一年八月。《見證賈平凹》。安徽：安徽文藝。
·賈平凹，一九九二。《賈平凹散文自選集》。桂林：灕江。
·賈平凹，一九八六年九月。《天狗》。北京：作家。
·賈平凹，一九八七年八月。《浮躁》。北京：作家。
·賈平凹，二〇〇一年一月。《商州三錄》。陝西：陝西旅遊。
·賈平凹，一九九〇年六月。《人跡》。廣東：廣東旅遊。
·三毛，二〇一一年七月。《三毛全集》。北京：北京十月文藝。
·三毛，二〇一一。《滾滾紅塵》。北京：北京十月文藝。
·三毛，二〇一八年一月。《流星雨——三毛演講錄》。北京：北京十月文藝。

二、採訪人員

·中國：賈平凹，孫見喜，孫聰，何丹萌，韓魯華，王新民，程華
·臺灣：三毛友人：陳達鎮

三、網路參考

·李延風，二〇一六年七月七日。〈三毛與賈平凹〉。
·二〇〇九年三月二十四日。〈賈平凹受訪談三毛〉。
·〈西部民歌王——王洛賓的歌〉

電子書購買

國家圖書館出版品預行編目資料

流浪遠方：三毛西北行 / 東籬著 . -- 第一版 . --
臺北市：崧燁文化事業有限公司 , 2022.03
面； 公分
ISBN 978-626-332-186-1(平裝)
1.CST: 中國文學 2.CST: 臺灣文學 3.CST: 文學評論
820 111002941

流浪遠方：三毛西北行

臉書

作　　者：東籬
編　　輯：柯馨婷
發 行 人：黃振庭
出 版 者：崧燁文化事業有限公司
發 行 者：崧燁文化事業有限公司
E-mail：sonbookservice@gmail.com
粉 絲 頁：https：//www.facebook.com/sonbookss/
網　　址：https：//sonbook.net/
地　　址：台北市中正區重慶南路一段六十一號八樓 815 室
Rm. 815, 8F., No.61, Sec. 1, Chongqing S. Rd., Zhongzheng Dist., Taipei City 100, Taiwan
電　　話：(02) 2370-3310　　傳　　真：(02) 2388-1990
印　　刷：京峯彩色印刷有限公司（京峰數位）
律師顧問：廣華律師事務所 張珮琦律師

定　　價：399 元
發行日期：2022 年 03 月第一版
◎本書以 POD 印製